KB249057

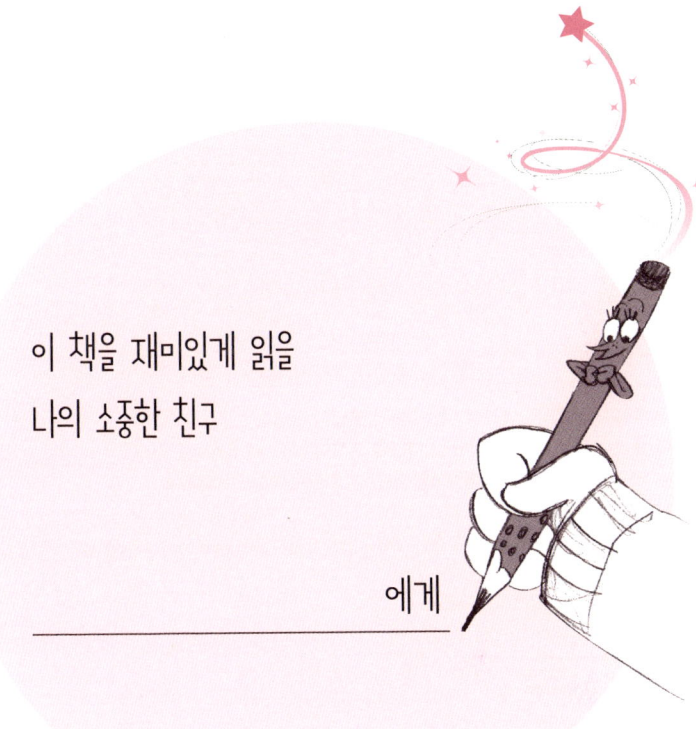

이 책을 재미있게 읽을
나의 소중한 친구

에게

요술 연필 페니 2 성공적인 비밀 작전

초판 1쇄 발행 2022년 4월 15일

글쓴이 에일린 오헬리 | **그린이** 니키 펠란 | **옮긴이** 공경희
펴낸이 홍성우 | **책임 편집** 김희전 | **디자인** 씨오디 color of dream
펴낸곳 기린미디어 | **등록** 2016년 4월 26일 제 409-2016-000009호
제조국 대한민국 | **주소** 경기도 김포시 모담공원로 17 | **사용연령** 8세 이상
전화 0505-302-2381 | **팩스** 0505-300-2381 | **전자우편** girinmedia@daum.net

ISBN 979-11-91142-45-7 74840
      979-11-91142-43-3 (세트)

Penny Goes Undercover
Text copyright ⓒ Eileen O'Hely
Illustrations copyright ⓒ Nicky Phelan
First published in the Ireland in 2006 by Mercier Press
All rights reserved.
Korean translation copyright ⓒ 2022 by GIRIN MEDIA
This Korean edition published by arrangement with Mercier Press, Ireland, through
EntersKorea Co., Ltd., Seoul, Korea.

이 책의 한국어판 저작권은 (주)엔터스코리아를 통한 저작권사와의 독점 계약으로 기린미디어가 소유합니다.
저작권법에 의하여 한국 내에서 보호를 받는 저작물이므로 무단전재와 무단복제를 금합니다.

*책값은 뒤표지에 표시되어 있습니다.
*파본이나 잘못된 책은 구입하신 곳에서 바꿔드립니다.
*종이에 베이거나 긁히지 않도록 조심하세요. 책 모서리가 날카로우니 던지거나 떨어뜨리지 마세요.

2 성공적인 비밀 작전

요술 연필
페니

에일린 오헬리 글 · 니키 펠란 그림 · 공경희 옮김

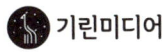
기린미디어

차 례

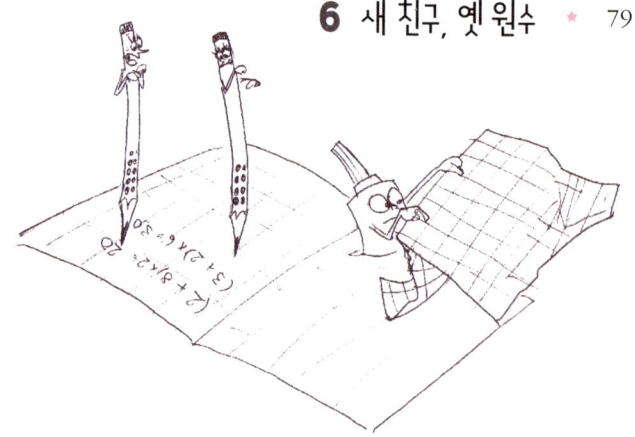

등장인물

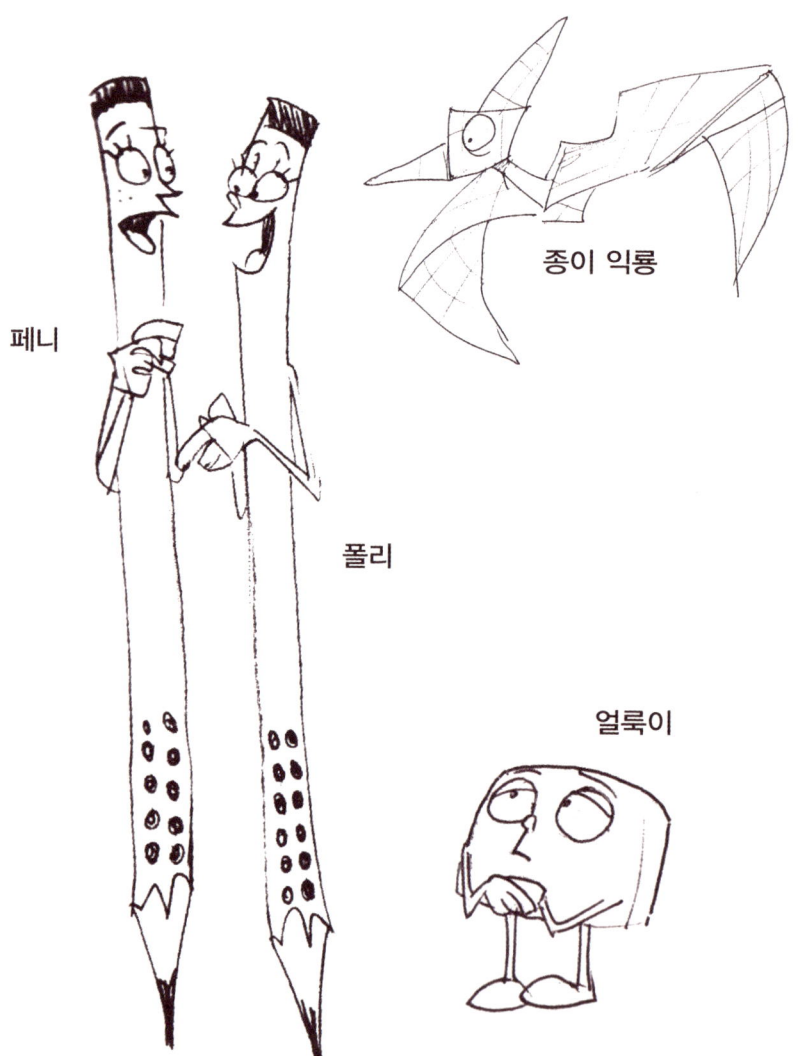

종이 익룡

페니

폴리

얼룩이

꼬마 맥

맥

수정액

검은 매직펜

못된 지우개

랄프

사라

글렌에게
이 책을 바칩니다.

익룡

랄프네 교실은 평소와 달리 아주 조용했다. 아이들이 공
책 위에 사각사각 글씨 쓰는 소리만 들렸다. 빨간 머리 랄프
만 빼고 다들 글쓰기에 몰두하고 있었다.

랄프는 엄지와 검지 사이에서 연필을 앞뒤로 굴리면서 하얀 종이만 쳐다보느라 연필 페니가 팔짱을 꽉 낀 채 자기를 못마땅하게 보고 있다는 것을 까맣게 몰랐다.

랄프 옆에 앉은 단짝 사라는 벌써 한 쪽을 다 채운 상태였다. 사라가 계속해서 글을 쓰려고 공책을 다음 쪽으로 넘기자 사라의 연필 폴리는 잠시 숨을 고르고는 다시 글쓰기에 열중했다.

'폴리는 정말 운이 좋아.'

페니는 폴리가 종이 가득 글씨를 남기며 미끄러지듯 나아가는 모습을 부러운 듯 지켜보았다.

'어서 써. 뭔가 적으라고!'

페니는 랄프에게 텔레파시를 보냈다.

하지만 페니가 보낸 텔레파시는 랄프가 아닌 스워드 선생님에게 통한 것 같았다. 선생님이 갑자기 고개를 들더니 자리에서 일어나 뚜벅뚜벅 걸어서 랄프 뒤에 멈춰 섰다.

'어, 이러면 안 되는데……'

페니는 몹시 걱정이 되었다.

"글이 안 떠오르니, 랄프?"

스워드 선생님이 물었다.

"뭘 쓸지 통 생각이 안 나서요."

랄프가 대답했다.

"우스꽝스러운 바지를 입은 마법사 이야기 같은 건 어때?"

선생님이 힌트를 주자 랄프가 코를 찡긋하며 물었다.

"소년 마법사 말이에요?"

랄프는 잠시 생각하더니 고개를 저었다.

"우주 전쟁에 관해 써 보는 건?"

선생님이 다시 생각을 짜내 보았는데 랄프가 또 얼굴을 찌푸렸다.

"그럼, 네가 알아서 하렴."

선생님은 포기한 듯 양손을 들어 보이고는 교탁으로 돌아갔다.

랄프는 걸어가는 선생님의 뒷모습을 보면서 늙고 커다란 새가 날개를 퍼덕대는 것 같다고 생각했다. 그러자 갑자기 쓸 만한 이야기가 머릿속에 떠올랐다. 곧바로 페니를 손에 꼭 쥐었다. 페니는 랄프가 자기의 발가락을 끌고 종이 위를 왔다 갔다 하면서 꼬불꼬불 글씨를 남기는 광경을 신이 나서 지켜보았다.

화창한 날이었다.

학교에 있기에는 날씨가 너무 좋았다.

'이거 시작이 좋은걸.'

사실 페니는 랄프와 달리 학교가 아주 마음에 들었지만, 랄프가 쓴 첫 줄은 꽤 괜찮다고 생각했다.

그런데도 스워드 선생님 반 아이들은 교실에 앉아서 글쓰기 수업을 받아야 했다.

'곧 신나는 일이 벌어지겠지.'

페니는 하품을 참으면서 중얼댔다.

갑자기 익용 한 마리가…

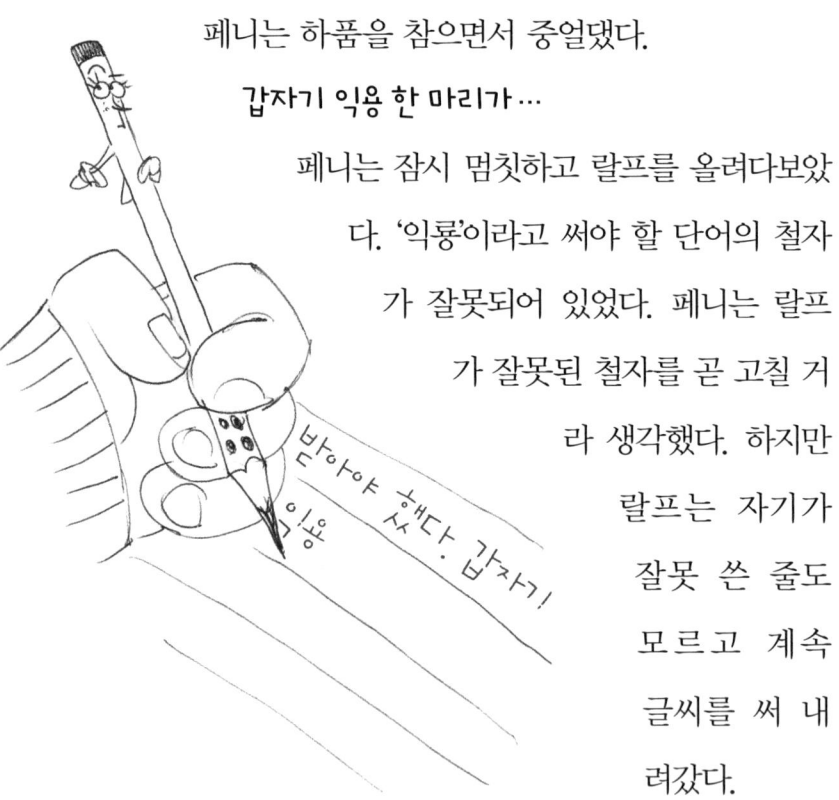

페니는 잠시 멈칫하고 랄프를 올려다보았다. '익룡'이라고 써야 할 단어의 철자가 잘못되어 있었다. 페니는 랄프가 잘못된 철자를 곧 고칠 거라 생각했다. 하지만 랄프는 자기가 잘못 쓴 줄도 모르고 계속 글씨를 써 내려갔다.

…익용 한 마리가 순식간에 아래로 날아오더니 무서운 발톱으로 한 아이를 채 갔다.

'가여운 랄프. 요즘은 맞춤법에 맞게 잘 썼는데 말이야. '익룡'이 어려운 단어이긴 하지……'

랄프가 글을 쓰는 동안 페니는 생각했다.

그때 옆에서 나는 소리를 듣고 랄프와 페니가 고개를 들었다. 사라가 어깨 너머로 랄프의 글을 읽으면서 손으로 입을 가린 채 킥킥 웃고 있었다.

"뭐야, 너?"

랄프보다 공부를 잘하는 사라는 그러지 않으려고 노력하긴 했지만, 가끔 랄프의 실수를 보고 웃음을 참지 못했다.

"쉿, 조용!"

스워드 선생님이 안경 너머로 랄프를 쳐다보면서 말했다.

랄프는 주근깨가 보이지 않을 정도로 얼굴이 새빨개졌다.

"미안한데, 익룡은 그렇게 쓰는 게 아니야."

사라가 선생님 쪽을 살피면서 속삭였다.

"그래? 그럼 어떻게 쓰는 건데?"

랄프의 목소리가 커지는 바람에 선생님이 다시 고개를 들었다.

"사전에서 찾아봐."

다시 웃음이 터지자, 사라는 소리가 나지 않게 양손으로 입을 틀어막았다.

랄프는 크고 빨간 사전을 집어 들고 글자 '익'을 찾았다.

"음……, '익용'은 없잖아."

랄프는 '탁' 소리가 나게 사전을 책상 위에 내려놓았다.

선생님이 고개를 획 들고 말했다.

"친구들에게도 해 줄 이야기가 있니, 랄프?"

"아니요, 선생님……."

랄프가 기어드는 목소리로 대답했다.

랄프와 사라 뒤에 앉은 말썽쟁이 버트가 히죽거렸다.

랄프는 '익용'을 바르게 쓰는 건 포기하고 나머지 이야기를 쓰기로 마음먹었다. 특히 마지막 부분이 자신 있었다. 랄프 자신이 영웅이 되어서, 혼자 익룡을 물리치고 반 전체를 구하는 내용이었다. 익룡에게 잡아먹힌 버트만 빼고서.

그때 스워드 선생님의 목소리가 들렸다.

"글쓰기를 마친 사람은 선생님한테 내고, 수학책 27쪽을

펴서 1번에서 10번까지 풀도록 해.”

맨 먼저 랄프와 사라가 글쓰기를 마쳤다. 두 사람이 공책을 선생님에게 내고 자리에 돌아와 보니 책상 위에 연필들이 마구 흩어져 있고, 랄프의 빨간 사전은 바닥에 내팽개쳐져 있었다.

랄프와 사라는 동시에 버트를 쳐다봤다.

“무슨 짓을 한 거야?”

랄프가 바닥에 널브러진 사전을 집어 드는 사이, 사라가 버트에게 화를 내며 물었다. 사전 몇 장이 구겨져 있었다.

"나? 아무 짓도 안 했어."

버트가 모르는 일이라는 듯 대꾸했다. 그러면서 랄프가 자리에 앉을 때 천연덕스럽게 책상으로 랄프의 의자를 세게 밀었다.

"신경 쓰지 마, 랄프."

사라가 조용히 말했다.

랄프는 숨을 한 번 크게 내쉬고는 수학 문제를 풀기 시작했다. 절반도 풀기 전에 종이 울렸다.

"자, 풀던 건 그대로 책상에 놔두세요. 점심 먹고 나서 나머지를 풀도록 할 거야."

스워드 선생님이 말했다.

"어서 가자, 랄프. 배고파 죽겠어!"

사라가 발딱 일어나며 말했다.

"나도 그래. 하지만 버트가 나가기 전까지는 못 나가."

랄프가 대답했다.

사라는 버트를 쳐다보았다. 버트가 매직펜 뚜껑을 만지작

거리며 괜히 시간을 끌고 있는 게 보였다.

"우리가 나가면 교실에는 버트 혼자 남게 돼. 무슨 짓을 하면 틀림없이 선생님이 보실 거야!"

"알았어……."

랄프는 마지못해 사라를 따라 교실 밖으로 나갔다.

2

배부가 절단된 느낌이야

버트와 선생님마저 교실에서 나가자, 페니는 일어나서 사전이 누워 있는 책상으로 갔다.

"사전 할아버지……, 할아버지! 괜찮아요?"

페니가 물었다.

사라의 연필 폴리도 건너편 책상에서 폴짝 뛰어 사전에게 왔다. 페니와 폴리의 시선을 느꼈는지 사전이 까만 눈을 천천히 떴다.

"어이쿠, 배부가 절단된 느낌이야."

사전이 앓는 소리를 냈다.

"뭐가 어떻게 됐다고요?"

페니가 물었다.

"등이 부러진 느낌이라고."

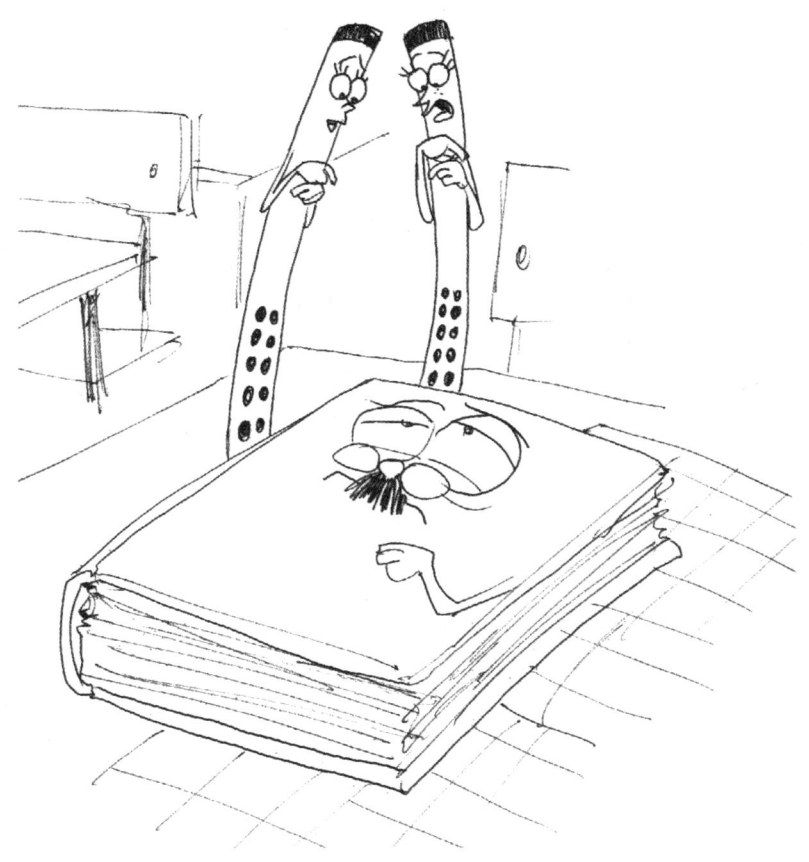

사전이 대답했다.

"세상에……"

페니는 더 말을 잇지 못했다.

"발가락을 꼼지락거릴 수 있겠어요?"

폴리가 물었다.

사전은 인상을 쓰면서도 순순히 발가락을 꼼지락거려 보았다.

"다행히 괜찮네요. 정말 등이 부러졌으면 발가락을 꼼지락대지 못하거든요."

폴리가 말했다.

"난 부러졌다고 말한 적 없어. 그냥 '부러진 느낌'이라고 했지."

사전이 퉁명스럽게 말했다.

"말뜻을 꼼꼼히 따지시는 걸 보니 멀쩡한 것 같네요, 사전 할아버지."

페니는 마음이 놓였는지 웃으면서 말했다.

"그런데 말썽쟁이 버트가 또 무슨 짓을 한 거야? 예전에 랄프한테 한 방 맞은 후로는 겁쟁이가 된 줄 알았는데."

폴리가 물었다.

"그러게 말이야. 그건 그렇고, 난 랄프의 맞춤법 실력이 나아진 줄 알았어. '익룡'의 두 번째 글자를 '룡'이라고 쓰는 건 누구나 안다고."

페니가 말했다.

"너무 그렇게 책하지 마."

사전이 말했다.

"뭘 하지 말라고요?"

페니와 폴리가 동시에 물었다.

"랄프를 너무 탓하지 말라는 뜻이지."

어느새 대화에 끼려고 와 있던 수정액이 말했다.

"괜찮으세요?"

수정액이 사전에게 물었다.

"다들 이따금씩 나를 읽으면, 내가
같은 말을 반복하지 않아도 될 텐
데……."

사전이 눈을 굴리며 말했다.

하지만 사전이 주변의 관심을 받는 것은 물론
단어 실력을 뽐내는 것도 은근히 좋아한다는 사실을 페니
는 알고 있었다.

"수정액, 무슨 일이야?"

수정액 얼굴이 살짝 찌푸려지는 걸 알아채고서 폴리가 말
을 걸었다.

"아니, 버트가 갑자기 랄프를 다시 괴롭히기 시작한 이유가 뭔지 궁금해서 그렇지."

수정액, 사전 그리고 페니와 몰리는 점심시간 내내 그 이유에 대해 토론해 보았지만 답을 찾지 못했다.

"폴리, 넌 이제 사라의 공책으로 돌아가는 게 좋겠어."

수정액이 벽시계를 보면서 말했다.

폴리는 고개를 끄덕이고는 폴짝 뛰어 사라의 책상으로 건너갔다. 사라의 책상에 도착하자마자, 폴리는 입이 쩍 벌어졌다.

"왜 그래?"

페니와 수정액이 건너다보며 물었다.

폴리는 너무 기막혀서 사라의 공책만 바라보고 있었다. 반듯하게 적힌 숫자들 위에 누군가

'**못난이 사라**'라고 낙서를 해 놓은 것이었다.

수정액이 눈살을 찌푸렸다.

"대체 누가 이런 짓을 했을까?"

폴리가 눈물을 글썽였다.

"분명 버트랑 관계가 있을 거야."

페니가 흥분하며 말했다.

"사라가 이걸 보게 내버려 둘 순 없어."

폴리가 말했다.

"수정액, 종이 울리기 전까지 이걸 고칠 수 있을까?"

페니가 물었다.

수정액은 스워드 선생님 책상 너머의 벽시계를 보았다. 시곗바늘이 한 시 이십팔 분을 가리키고 있었다.

"점심시간은 정확히 한 시 삼십 분에 끝나. 딱 이 분밖에 안 남았다고."

수정액이 말했다.

"시간이 없네. 계산은 그렇다 치고 난 빨리 쓰지도 못하는데."

폴리가 절망하여 말하자 페니가 나섰다.

"난 계산은 자신 있어. 네가 문제를 쓰면 내가 답을 적을게. 수정액, 점심시간이 끝나는 걸 막을 방법이 없을까?"

"음, 좋은 생각이 있어. 너희는 어서 쓰기나 하라고!"

수정액은 낙서가 되어 있는 사라의 공책 한 장을 찢어서 조심스럽게 접으며 말했다.

"5 곱하기 4, 나누기 2."

"10!"

폴리가 입으로 문제를 내면서 쓰면, 페니가 답을 적으며

말했다.

"8 나누기 4, 더하기 3."

"5!"

"16 빼기 2, 나누기 3."

"음……."

페니가 머뭇거렸다.

"어서!"

폴리가 재촉했다.

"음……, 그렇지! 몫은 4, 나머지는 2!"

페니가 정신없이 답을 적으며 소리쳤다.

"제시간에 못 끝내겠어."

폴리가 시계를 힐끗거리며 걱정했다.

잠시 후 종이 울렸다.

"폴리, 더 빨리 적어!"

페니가 외쳤다.

"넌 빨리 계산이나 해!"

폴리가 쏘아붙였다.

페니가 계산하는 동안 폴리는 수정액이 이상하게 접은 종

이를 보고 있었다. 어디서 많이 본 듯한 모양이었다.

"그거…… 익룡이구나?"

폴리가 묻는 말에 페니는 답을 쓰다 말고 고개를 들었다.

"내가 보기에도 그래. 근데 뭘 하려는 거지?"

페니가 말했다.

수정액은 종이 익룡을 앞에 놓고, 책상 끝까지 밀면서 달려갔다. 페니와 폴리가 말릴 새도 없이 수정액은 공중으로 뛰어오르더니 익룡 위에 올라탔다. 수정액을 태운 종이 익룡은 날개를 퍼덕이며 교실 앞쪽으로 날아갔다.

"익룡이 날고 있어!"

페니가 흥분해서 소리쳤다.

이윽고 익룡은 교실 문을 향해 점점 가까이 다가가더니 멋대로 날기 시작했다. 날개를 마구 퍼덕이고 두어 차례 공중제비를 돌더니, 문 쪽으로 급강하하기 시작했다.

"곤두박질치겠어!"

페니가 외쳤다.

익룡이 문으로 돌진하는 순간, 수정액은 익룡의 목을 꼭 끌어안았다. 하지만 너무 세게 부딪치는 바람에 내동댕이쳐 졌다. 생각보다 충격이 컸는지 수정액은 기력을 잃고 말았다. 그러곤 문 쪽으로 데굴데굴 굴러서, 땅딸한 몸이 문과 문 밑 틈에 끼어 버렸다.

익룡은 두 번 더 날개를 펄 럭이더니 쓰레기통으로 내려앉았다.

"수정액! 괜찮아?"

페니가 잔뜩 겁먹은 소 리로 외쳤다.

문 밑 틈에 낀 수정 액이 얼굴을 찌푸리며

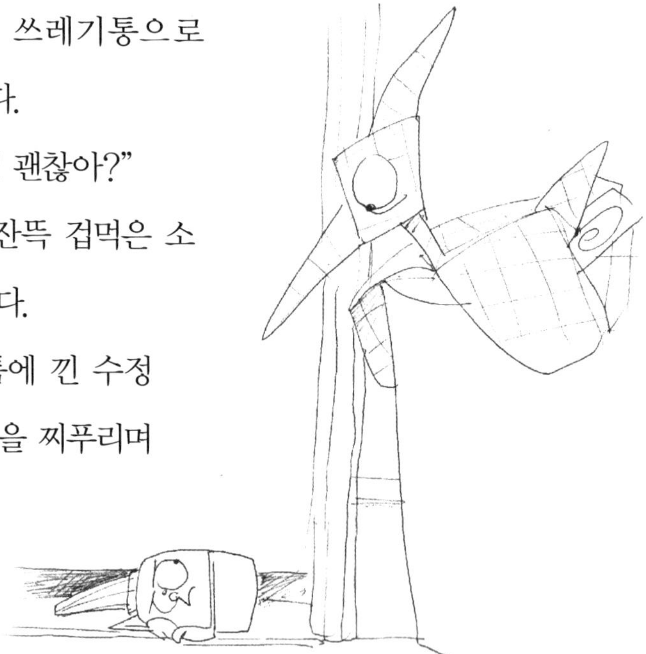

페니와 폴리를 돌아보았다.

"뭐야? 그렇게 가만있으면 어떡해? 너희가 책상에서 빈둥 대라고 내가 여기까지 날아와서 배부가 절단될 뻔한 줄 알 아? 어서 쓰라고!"

페니와 폴리는 서로 눈빛을 교환하더니 전보다 빠른 속도 로 써 내려갔다.

때마침 점심시간이 끝나고 아이들이 교실로 몰려왔다. 아 이들은 손잡이를 잡고 교실 문을 열려고 했다. 하지만 문 밑 에 끼어 있던 수정액이 단단히 몸으로 버티고 있어서 문이 좀처럼 열리지 않았다.

"다 돼 가? 난 이렇게는…… 오래…… 버틸 수가…… 없 는데……."

수정액이 숨을 몰아쉬며 소리쳤다.

페니와 폴리가 9번 문제를 풀고 있을 때였다. 교실 밖이 갑자기 조용해졌다. 그리고 또각또각 복도를 걸어오는 구두 소리가 들렸다.

"애들아, 비켜 볼래? 선생님이 해 볼게."

스워드 선생님이 손잡이를 꽉 잡고 몸으로 문을 밀었다.

"흠흠, 어깨 힘이 센 사람이 밀어야겠는걸."

스워드 선생님이 멋쩍은 목소리로 말했다.

"끝났어!"

페니가 소리침과 동시에 페니와 폴리는 랄프와 사라가 자기들을 두고 간 자리에 정확히 가서 누웠다.

수정액이 몸을 굴려 문 밑 틈에서 빠져나오자 문이 확 열렸다. 그 바람에 선생님이 교실 안으로 튕겨 들어와 바닥에 쿵 하고 주저앉았다. 스워드 선생님의 레이스 속치마와 물방울무늬 속바지가 들춰졌다.

스워드 선생님은 아무 일도 없었다는 듯 일어나더니 먼지를 툭툭 털었다. 그리고 곱슬머리를 매만지다가 놀랍게도 머리칼 속에서 수정액을 발견했다.

"이거 잃어버린 사람?"

선생님은 머리칼 속에서 수정액이 나온 게 별일 아닌 것처럼 물었다.

랄프는 필통 안과 책 더미 사이사이를 뒤지고 책상 근처 바닥까지 살펴보고는 손을 들었다.

"그래, 랄프?"

"제 것인데요, 선생님."

"네 거였구나. 수정액이 제 발로 너한테 가진 않을 테니 이리 와서 가져갈래?"

스워드 선생님이 말했다.

랄프가 선생님 책상 쪽으로 걸어가자, 버트가 몸을 숙이고 사라의 공책을 훔쳐보았다.

"뭐야……, 어떻게 된 거지? 수학 문제만 있잖아……."

버트가 더듬더듬 말했다.

"답을 베낄 생각일랑 하지도 마."

사라는 손으로 공책을 가리면서 쏘아붙였다.

랄프가 자리로 돌아왔을 때 공책에서 손을 떼던 사라는 깜짝 놀랐다.

"왜 그래?"

랄프가 물었다.

"내가…… 저기…… 점심시간 전에 문제를 다 못 푼 줄 알았거든. 그런데 다 풀고 나갔었나 봐."

사라가 웅얼웅얼했다.

수정액이 엄한 눈길로 쳐다보자 페니 얼굴이 빨개졌다.

"페니……."

수정액이 잔소리를 시작하려고 할 때, 랄프가 페니를 들고 문제를 풀기 시작했다.

"아까는 하도 정신이 없어서 어디까지 풀어야 하는지 잊어

버렸나 봐. 게다가 사라는 항상 문제를 다시 풀어 보니까 내
가 전부 대신해 준 것도 아니라고."

　페니가 변명했다.

　수정액이 못마땅한 듯 눈을 흘겼지만, 페니는 글씨를 쓰
느라 바빠서 못 본 체했다. 그리고 슬며시 웃으며 말했다.

　"아무튼 계산은 재미있다니까!"

맥의 등장

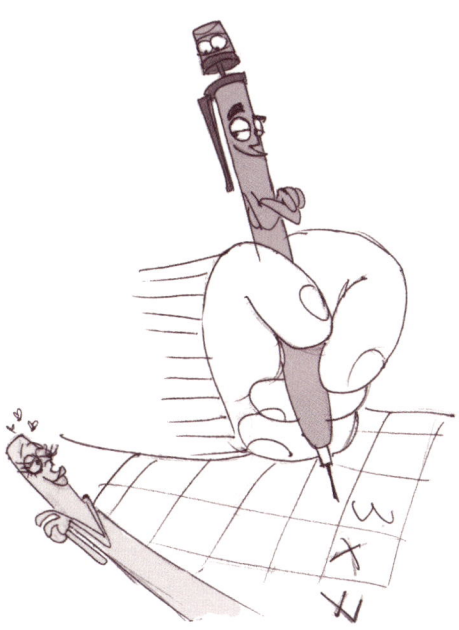

그날 학교에서 돌아온 랄프는 매우 흥분된 모습이었다.

"엄마! 오늘 학교에서 무슨 일이 있었게요?"

"글쎄, 무슨 일일까?"

엄마가 오븐에서 쿠키를 꺼내다가 고개를 돌려 랄프를 쳐다보며 말했다.

"글쓰기 시간에 '잘했어요.'를 받았어요!"

"어머나! 훌륭하다, 아들!"

엄마가 대견해했다.

"사실 '참 잘했어요.'를 받을 수도 있었는데, 선생님 말씀이 이야기가 너무 비현실적이래요."

글쓰기에서 한 번도 '잘했어요.'를 받아 본 적이 없는 랄프가 뽐내며 말했다.

"그런 말씀을 하셨다니 좀 이상하네. 글쓰기가 원래 그런 거 아닌가?"

엄마가 랄프를 감싸 주었다.

"제 말이 바로 그 말이라니까요!"

랄프는 쿠키를 먹으면서 맞장구쳤다.

"선생님이 맞춤법은 뭐라고 안 하시던?"

엄마가 물었다.

"아, 딱 하나 틀렸어요. '익룡'이요. 그런데 선생님이 '룡' 자는 원래 쓰기 어려운 거니까 그 정도는 괜찮다고 했어요."

랄프가 입 안 가득 쿠키를 씹으면서 대답했다.

"그렇긴 하지."

엄마는 랄프의 말에 고개를 끄덕이더니 부엌 한쪽 구석에 있는 특별한 서랍 쪽으로 갔다. 그건 랄프가 못 열게 하는 서랍이었다. 엄마가 서랍에서 뭔가를 꺼내더니 등 뒤로 슬며시 감췄다.

"요즘 우리 랄프가 학교에서 공부를 열심히 하니까, 특별한 선물을 줘야지."

엄마의 말에 랄프는 눈이 튀어나올 만큼 휘둥그레졌다. 오늘 오후에 글쓰기에서 '잘했어요.'를 받고, 맛있는 쿠키도 먹고, 선물까지 받다니 엄청 신나는 날이었다.

"대단한 선물은 아니지만, 네가 연필이랑 지우개랑 연필깎이를 잘 잃어버리잖아. 그래서 이거 하나만 있으면……."

엄마가 손을 앞으로 내밀며 말했다. 엄마 손에는 반짝이는 빨간 샤프가 들려 있었다.

"야호!"

랄프는 샤프를 받아 들고 환호성을 질렀다.

"작은 지우개도 달려 있고, 샤프라서 심을 안 깎아도 돼."

엄마의 말에 랄프는 열심히 고개를 끄덕였다.

"게다가 옆에 고리가 있어서, 셔츠 주머니에 꽂고 다닐 수도……."

"엄마! 그건 샌님들이나 하는 짓이에요!"

엄마의 말이 채 끝나기도 전에 랄프가 말했다.

"하지만 실용적인데……."

"내복을 입는 것도 실용적이긴 하죠……."

랄프는 작은 소리로 중얼댔다.

"뭐라고?"

엄마가 물었다.

"아, 아무것도 아니에요. 얼른 숙제나 해야겠어요."

"그래, 어서 올라가서 숙제해. 저녁은 여섯 시에 먹자."

랄프는 방으로 뛰어 올라가 가방에서 필통과 책을 꺼냈다. 랄프가 필통을 열자, 필기구들은 입을 다물고 가지런히

줄을 섰다. 페니는 랄프가 자기를 쉽게 꺼낼 수 있게 맨 앞에 섰다.

하지만 랄프의 손은 페니를 옆으로 밀치고 빨간 색연필을 꺼내 들었다. 그러고는 지퍼를 도로 닫아 버렸다!

페니와 다른 필기구들 모두 충격을 받았다.

"이해가 안 돼. 랄프는 그림 그릴 때도 먼저 연필로 밑그림을 그리는데……."

페니가 말했다.

"그냥 색칠만 할 건가 봐."

수정액이 말했다.

"그럼 숙제를 하는데 빨간 색연필만 가지고 색칠을 한다고? 그건 아닌 것 같은데."

키 큰 노란 색연필이 참견했다.

"선생님이 오늘 숙제로 수학 연습 문제를 내 줬잖아. 랄프는 빨간 색연필로 답 쓰는 걸 좋아해. 노란 색연필, 내 말이 맞지?"

짤막한 초록 색연필이 말했다.

"그래, 맞아."

노란 색연필이 맞장구쳤다.

"하지만 랄프가 답을 적는 데 빨간 색연필을 쓴다면, 계산할 때는 누구로 하는데?"

페니가 물었다.

"우리 살짝 내다보자."

수정액이 까치발을 하고 지퍼가 살짝 벌어진 틈으로 밖을 내다보며 말했다.

페니와 필기구들도 수정액 뒤로 모여들었다. 열린 틈으로 보이는 광경에 페니는 깜짝 놀라 기절할 뻔했다.

"저게 누구지?"

페니가 물었다.

랄프는 반짝이는 빨간 플라스틱 물건을 손에 쥐고 있었다.

"잉크 펜인가?"

노란 색연필이 물었다.

"아냐, 랄프는 아직 잉크 펜을 쓰면 안 되잖아. 글씨 자국을 보니까 잉크가 아니라 연필심 같아."

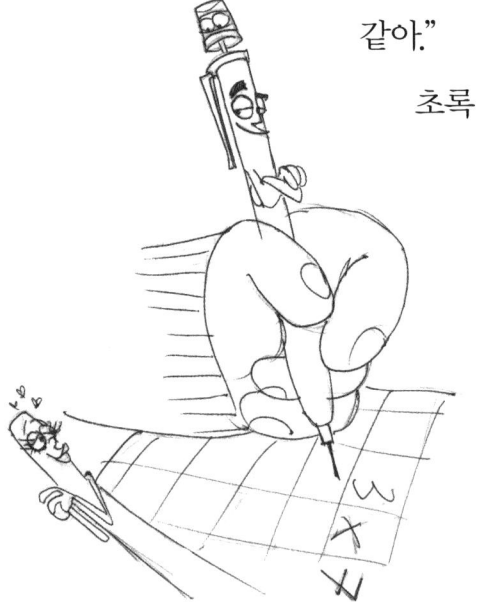

초록 색연필이 말했다.

"도대체 랄프가 지금 뭘 하는 거야?"

페니가 물었다.

랄프는 새 필기구를 뒤집더니 꼭지에서 뚜껑을 벗겨 내고 그걸로 종이를 재빨리 문지

르기 시작했다.

"글씨를 지우는 것 같은데."

얼마 전 랄프의 필통에 새로 온 지우개 얼룩이가 말했다.

랄프는 필기구를 다시 세우더니, 꼭지를 찰칵찰칵 두 번 누르고 다시 글씨를 쓰기 시작했다.

"저게 뭔지 알겠다."

수정액이 말했다.

"뭔데?"

모든 필기구들이 일제히 수정액을 바라보며 물었다.

"샤프야."

"샤프?"

페니가 되물었다.

"겉은 플라스틱이고, 안에 연필심이 들어 있지. 쓰다가 심이 짧아지면 꼭지를 눌러서 새 심이 나오게 하는 거야. 절대 심을 깎을 필요가 없지."

수정액이 조목조목 말했다.

연필들은 '깎는다.'는 말에 잠시 숨을 멈추었다.

"……심이 다 닳으면 새 심을 끼우는 거야. 그리고 대부분

꼭지에 지우개가 달려 있지."

수정액이 설명을 덧붙였다.

"그러니까 랄프는 나를 대신할 연필을 마련한 거구나."

페니가 풀 죽은 소리로 말했다.

"나를 대신할 지우개도."

지우개 얼룩이가 아무도 듣지 못할 만큼 작은 목소리로 거들었다.

필기구들은 페니와 얼룩이가 가여워 고개를 저으며 눈길을 돌렸다.

"진정해, 페니. 우리는 머지않아 이런 샤프들을 많이 보게 될 거야."

수정액이 페니의 손을 잡으며 위로했고, 얼룩이만 혼자서 필통 밖을 내다보고 있었다.

＊

잠자리에 들기 전, 필기구들은 코코아 마실 준비를 하고 있었다. 그때 필통 지퍼가 '드드득' 하고 열리더니 붉은 빛이 필통으로 들어왔다.

붉은 빛은 필통 안에서 두 번 번뜩이더니, 페니와 수정액 사이에서 멈추었다.

"안녕!"

붉은 빛이 곧 랄프가 쓰던 반짝이는 빨간 샤프로 변했다.

"내 이름은 맥이야. 필기는 게임과 같지."

빨간 샤프 맥이 말했다.

맥이 모자를 벗자, 작고 흰 지우개가 보였다.

"난 꼬마 맥이야."

작은 지우개가 어린애 같은 소리로 말했다.

"알았어요, 꼬마 지우개님. 머리 위에 얌전히 있기나 하세요."

맥은 지우개를 사랑스럽게 토닥이더니, 하얀 이를 드러내며 씩 웃었다.

그 모습을 본 여자 연필들은 맥에게 홀딱 반해 버렸다. 딱 하나, 페니만 빼고.

페니가 눈살을 찌푸리자 맥이 페니에게 관심을 보였다.

"아, 고분고분하지 않은 여성이군. 난 다가가기 어려운 여성이 좋은데."

맥이 하얀 이를 더욱 반짝이며 말하자 페니가 콧방귀를 뀌었다.

"아, 알겠다. 지금까지는 여기서 네가 최고였는데, 이제 주인이 나를 더 좋아하니까 짜증이 나는 거구나? 이봐, 그대가 필기하던 날은 이미 끝났어. 누구든 이 맥을 한번 손에 쥐면 예전으로 돌아가는 법은 없지!"

맥이 말했다.

"과연 그럴까?"

페니가 받아쳤다.

"그렇다니까. 난 그런 일을 100번도 넘게 봤어. 이봐, 새침한 아가씨! 이제 넌 그림 그릴 때나 필요하게 될 거야. 말하자면……."

맥은 색연필들에게 미소를 지으면서 말을 이었다.

"……나무로 만든 연필들에게는 그게 딱 맞는 일이라고 해야 할까?"

색연필들이 좋아서 어쩔 줄 모르자, 페니는 더 화가 났다.

"100번도 넘게 봤다고?"

"물론이지."

페니가 맥에게 맞서자 맥이 자신 있게 대꾸했다. 그리고

껌을 질겅질겅 씹으면서 색연필들에게 윙크를 했다.

"지금까지 네 주인이 몇 명이나 되는데?"

페니가 물었다.

"저기…… 밖에 있는 빨간 머리, 러셀이지."

맥이 대답했다.

"쟤 이름은 랄프야!"

페니가 쏘아붙였다.

"참, 그렇지. 맞아, 랄프."

맥이 어색한 웃음을 지었다.

"너 '랄프'를 제대로 쓸 줄이나 아니, 맥?"

페니가 소리쳤다.

"자, 자. 늦은 시간에 맞춤법 대회를 열 수는 없지. 랄프는 벌써 잠자리에 들었을 테니, 우리도 어서 자는 게 좋겠다."

수정액이 둘 사이에 끼어들며 말했다.

"잠자리라……, 난 어디서 자지?"

맥이 물었다.

"여기서 자요, 여기!"

색연필들이 입을 모아 소리쳤다.

페니는 맥이 좋아서 어쩔 줄 모르는 색연필들을 보자 속이 상했다. 랄프가 자기보다 맥을 더 좋아하게 된 것도 모자라, 색연필들까지 그러니 슬퍼졌다.

"자, 페니. 어서 가서 자. 아침이면 기분이 한결 좋아질 거야."

수정액이 말했다.

페니는 고개를 끄덕이고 누웠지만 잠이 오지 않았다. 맥의 빛나는 플라스틱 몸체를 생각하니, 번들거리는 검은 악마가 떠올랐다. 다시는 보고 싶지 않은 검은 매직펜…….

옛 원수를 생각하니 몸이 떨렸다. 페니는 몇 시간이나 뒤척이다가 겨우 잠이 들었다.

4

외톨이 페니

다음 날 아침, 잠에서 깬 페니는 기분이 썩 좋지 않았다. 학교 가는 날이면 페니는 다른 연필들도 제대로 깎여 있는지, 랄프의 공부를 도울 준비가 되어 있는지 일일이 살피곤 했다. 하지만 오늘 페니는 그냥 누워 있었다. 그러다가 막상 랄프가 가방에서 필통을 꺼내자, 발딱 일어나서 평소처럼 지퍼 앞으로 갔다.

그런데 평소와는 뭔가가 달랐다. 평소에는 연필들과 크레용들이 페니가 쉽게 지나가도록 길을 터 주었지만, 오늘은 일부러 앞을 가로막는 것 같았다.

"나 좀 지나갈게! 랄프가 필통을 열려고 해. 내가 준비를 해야 된다고!"

페니가 외쳤다.

"뭘 서둘러? 미술 시간은 목요일 오후에나 있는데."

분홍 크레용이 말했다.

페니가 화를 내며 대꾸했다.

"누가 미술 시간에 신경이나 쓴대? 나는 진지한 공부를 하는 똑똑한 연필이지, 색칠이나 하는 멍청이 막대기가 아니라고."

'아차!'

페니는 색연필들이 입을 다문 채 자기를 노려보고 있다는 걸 알아차렸다. 색연필들의 표정은 싸늘했다.

"어머나! 나, 나는…… 그런 뜻이 아니었어. 내 말은…… 너희가 멍청이 막대기라는 말이 아니라……. 내가 정말 그렇게 말했나?"

페니가 더듬거렸다.

"자, 자. 너무 그러지들 말아요, 숙녀 여러분."

페니의 왼편에서 굵은 목소리가 들렸다. 고개를 돌리자 빨간 샤프 맥이 앞쪽으로 걸어 나오고 있었다. 페니는 순간 아침부터 자기가 왜 기분이 좋지 않았는지 깨달았다.

"그렇게 진땀 뺄 것 없어, 새침 양. 자기 말고 다른 필기구가 '오의연'이 되면 당연히 적응하는 데 시간이 걸리는 법이니까."

"뭐가 된다고?"

페니가 물었다.

"오의연. '오늘의 연필'이지. 어제까진 네가 오의연이었지만, 이제부턴 내가 '오의연'이 된 거야."

맥이 말했다.

"그러셔? 자기 이름을 '러셀'이라고 쓰는 필기구를 랄프가 얼마나 좋아하는지 두고 보자고."

페니가 윽박질렀다.

"자, 자. 이렇게 하루를 시작하면 안 되지. 너희 둘! 잠깐이라도 입씨름을 멈추고 자기 자리로 가 있으면 안 되겠니?"

수정액이 단호한 목소리로 말했다.

페니와 맥은 다른 연필들 사이에 서서, 서로 지퍼 가까이로 가려고 버둥댔다. 랄프가 필통을 열자, 페니는 눈을 꼭 감고 속으로 주문을 걸었다.

'날 집어. 날 집어 줘, 제발.'

하지만 랄프와 텔레파시가 통하지 않았다. 페니가 다시 눈

을 떴을 땐 맥이 랄프의 손에 들려 필통 밖으로 사라지고
있었다. 맥은 페니에게 뽐내듯 경례를 했다.

　그때 뭔가가 페니의 발목을 건드렸다. 아래를 보니 얼룩이
가 다가와 지퍼 입구에서 깡충대고 있었다.

　"지나가게 해 줘, 나 좀 보내 줘! 저 바보가 철자를 제대로
못 쓰니까, 랄프는 금세 내가 필요해질 거야!"

얼룩이가 외쳤다.

페니가 옆으로 살짝 비켜섰고, 둘은 지퍼가 열린 틈으로 밖을 내다볼 수 있었다.

"이럴 수가! 벌써 실수를 하다니."

랄프가 글씨 쓰기를 멈추자 페니가 소리쳤다.

"이제 내 차례야!"

얼룩이는 신이 나서 폴짝폴짝 뛰었다.

하지만 랄프는 필통에서 지우개를 꺼내지 않았다. 대신 맥의 모자를 벗기고 거꾸로 돌려서 꼬마 맥을 종이에 대고 쓱쓱 문질렀다.

얼룩이는 울음을 터뜨릴 기세였다.

"기분이 많이 안 좋지?"

페니가 서글프게 물었다.

페니와 얼룩이는 필통 바닥에 털썩 주저앉았다. 그 틈에 다른 필기구들이 흥분한 채 필통의 열린 틈으로 우르르 몰려들었다.

"맥이 글씨 쓰는 것 좀 봐!"

"정말 늘씬하고 빛이 난다!"

"맥이 없으면 랄프가 어떻게 글씨를 쓸지 전혀 상상이 안 되는걸!"

"연필과 지우개가 하나로 되어 있다니."

"게다가 맥은…… 깎을 필요도 없잖아!"

"쟤가 물 위를 걸을 수도 있대? 적어도 우리 연필들은 물 위에 뜰 수 있다고!"

페니가 비꼬듯 말했다.

"왜 그러는 거야, 페니? 멍청이 색연필 막대기랑 다를 게 없어서 속상하니?"

노란 색연필이 앉아 있는 페니를 내려다보며 말했다.

다른 색연필들이 히죽히죽 웃었다.

"페니를 내버려 둬."

당당하고 큰 목소리가 들려왔다. 수정액이었다.

"이 필통이 생긴 후로 페니가 최고의 필기구라는 걸 알면서 왜들 그래? 페니가 오기 전에 랄프는 맞춤법을 잘 알지도, 나눗셈을 할 줄도 몰랐잖아. 또 검은 매직펜이 있을 때 우리 필통 안이 어땠는지 내가 꼭 떠올려 줘야겠어?"

수정액의 호통에 페니를 놀리던 색연필들이 물러섰다. 수정액이 페니와 얼룩이 옆에 앉았다.

"검은 매직펜이 누구야?"

얼룩이가 물었다.

"아, 넌 검은 매직펜을 모르겠구나. 네가 오기 전에 있었던 일이니까 말이야. 페니가 처음 이곳에 왔을 때는 심술쟁이 검은 매직펜이 필통을 쥐고 흔들던 때였어. 굉장히 으스댔고, 말할 수 없이 심통이 사나워서 자기 마음에 안 드는 필기구를 쫓아내곤 했지."

"쫓아냈다고?"

얼룩이가 눈을 동그랗게 떴다.

"필통에서 한번 쫓겨나면 다시는 돌아올 수 없어."

페니가 설명했다.

"으스스한걸. 그런데 어쩌다가 심술쟁이 검은 매직펜이 필통을 쥐고 흔들게 된 거야?"

얼룩이가 묻자 수정액이 말을 꺼냈다.

"그게 아주 교묘해. 매직펜이 오기 전의 필통은 지금이랑 비슷했어. 벽도 깔끔하고, 연필들은 단정하게 깎여 있고, 모두 랄프의 공부를 돕고 싶어 안달했지."

"그런데 어쩌다가 그렇게 됐어?"

얼룩이가 다시 물었다.

"무서운, 아주 무서운 일이 벌어졌어. 나는 처음부터 검은 매직펜이 수상해서 쭉 감시했지만, 워낙 교묘한 녀석이라 내가 감당을 못 했지.

검은 매직펜은 일부러 실수를 저질렀고, 랄프는 한 시간에도 몇 번씩 나를 가지고 수정을 했어. 그러니 난 점점 힘이 약해졌고, 나도 모르는 사이에 검은 매직펜이 필통 안을 휘어잡았지. 결국 검은 매직펜은 다른 매직펜들이랑 못된 지우개와 함께 필기구들을 공포로 몰아넣었어."

수정액이 찬찬히 대답해 주었다.

"못된 지우개? 그래서 날 좋아하는 필기구가 없는 거야?"

얼룩이가 물었다.

"그렇지 않아. 필기구들이 아직 너를 잘 몰라서 그런 것뿐이지."

페니는 필통에 새로 왔을 때의 기분을 누구보다 잘 알기에 진심으로 얼룩이를 위로했다.

"맥에 대해 아는 필기구가 아무도 없는데도 모두들 반했잖아!"

얼룩이가 퍽 억울하다는 투로 말했다.

"맥은 특별한 경우라고 해 두자, 알았지?"

페니가 뭐라고 대꾸하기도 전에 수정액이 대답했다.

"근데 검은 매직펜은 어떻게 됐어?"

얼룩이가 물었다.

"페니가 필통에 왔을 무렵, 검은 매직펜의 심술은 날이 갈수록 심해졌지. 결국 페니도 작은 꼬투리를 잡아서 쫓아냈어."

수정액이 대답했다.

"쫓아내? 하지만 페니는 지금 여기 있잖아. 다시 못 돌아온 건 아니네?"

"그렇긴 한데, 페니는 불공평하게 쫓겨났었지."

얼룩이의 물음에 수정액이 설명했다.

"어떻게 다시 돌아왔는데?"

호기심에 찬 표정으로 얼룩이가 페니에게 고개를 돌리며 물었다.

"이야기하자면 아주 길지만 간단히 정리해 말하면, 데굴데굴 구르고, 계단에서 뛰어내리고, 바퀴에 끼어서 겨우 돌아왔어. 또 랄프의 단짝인 사라의 도움도 받았고."

페니가 대답했다.

얼룩이는 감탄하는 눈으로 페니를 보며 물었다.

"네가 돌아와서 검은 매직펜은 어떻게 됐는데?"

"이미 사라지고 없었어."

페니는 수정액을 보면서 대답했다.

"어쩌다?"

얼룩이는 테니스 경기를 지켜보듯 페니와 수정액을 번갈아 보며 물었다.

"내가 쫓아 버렸거든."

수정액이 대답했다.

"네가 검은 매직펜을 내쫓았다고?"

얼룩이가 되물었다.

"맞아."

수정액은 숨을 깊이 들이마시더니 '후' 하고 크게 내뱉었다.

"그럼 매직펜은 지금 어디 있어? 페니처럼 다시 돌아올까?"

얼룩이가 물었다.

"아닐걸. 만약 돌아온다 해도 환영받지 못할 거야. 검은 매직펜이 없어서 다들 행복해졌으니까."

수정액이 말했다.

"그럼 못된 지우개랑 다른 매직펜들은 어떻게 됐어?"

얼룩이가 또 물었다.

"못된 지우개는 검은 매직펜을 쫓아갔고, 그 후로 한 번도 보지 못했어. 다른 매직펜들은 여전히 필통에 살지만, 검은 매직펜이 없어서 그런지 무척 다정하고 협조적으로 변했지."

수정액이 말했다.

"와, 그랬구나. 그건 그렇고, 맥이란 녀석이 나타났으니 우린 이제 어떻게 될까?"

얼룩이의 목소리가 진지했다.

"그림이나 그려야지."

페니가 투덜댔다.

"그런 식으로 생각하지 마. 그림 연습을 할 수 있는 좋은 기회잖아."

수정액이 페니를 타일렀다.

"하지만 겨우 일주일에 딱 한 번, 밖에 나가게 생겼다고."

페니가 불평했다.

"대신 자주 깎이지 않아도 되잖아."

"그런 생각은 못 했네."

수정액의 말을 듣고 페니는 기분이 한결 나아졌다. 맥이
필통에 온 후 처음으로 페니는 생긋 웃었다.

랄프의 문제

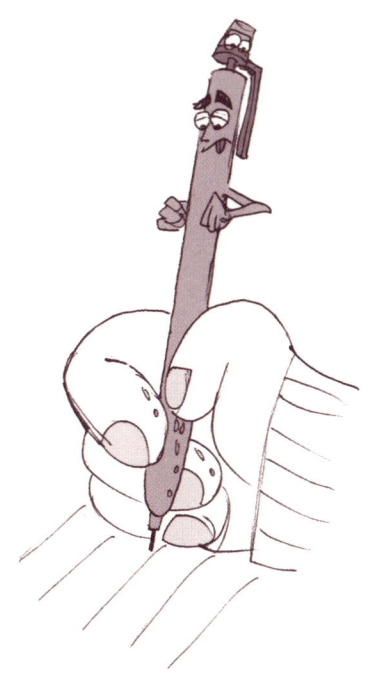

며칠 동안 딱히 할 일이 없던 페니, 수정액, 얼룩 지우개
는 함께 어울리는 시간이 많아졌다. 페니는 수정액, 얼룩이
와 재미있게 지내면서도 폴리와 수다를 떨던 때가 그리웠
다. 또 랄프와 사라의 수업 시간이 궁금하기도 했다.

수요일 오후, 페니는 자존심을 꾹 누르고 맥의 이야기에
열중하고 있는 색연필들 틈을 비집고 들어갔다.

맥은 자기의 열성 팬들 사이에 끼어 있는 심각한 표정의
페니를 보자 얼굴이 환해졌다.

"자, 자, 자! 전직 '오의연' 양께서 납시었군. 요즘은 좀 한
가하신가 봐."

맥이 페니에게 관심을 돌리며 말했다.

페니는 억지웃음을 지었고, 색연필들은 일제히 페니를 차

갑게 쏘아보았다.

"흠, 너도 알다시피 내일 중요한 미술 수업이 있어서 그림
연습을 하고 있어. 너는 어떻게 지내? 특별한 일은 없고?"

페니가 물었다.

"저 여자애가 네 안부를 묻잖아. 내가 뭐랬어. 널 좋아한
다 그랬지!"

맥의 머리에서 작은 목소리가 새어 나왔다.

"쉿!"

맥은 꼬마 맥의 입을 단속시키고는 큰 소리로 대답했다.

"너도 알다시피 만날 그저 그렇지."

"뭐 재미있는 일 없어? 세 자리 수 나눗셈이라든가, 사회
시험, 아니면 동시 쓰기 같은 거?"

페니가 재촉하듯 물었다.

"그럼, 그럼. 다 하고 있지. 그 러셀이란 아이는……."

"랄프라니까!"

페니는 화를 억지로 참으며 말했다.

"그래, 랄프. 어쩐지 '러셀'이라는 이름을 엉뚱하게 쓴다 싶
더라니."

맥이 생각에 잠겨 중얼댔다.

"그 애는 어떻게 지내?"

페니가 물었다.

"그 애라니? 누구?"

맥은 눈가에 주름이 잡힐 정도로 음흉한 웃음을 지으며
되물었다.

"랄프 말이야! 지금 랄프 이야기를 하려던 참이잖아."

페니는 입술을 꾹 다물고, 소리치지 않으려 애썼다.

"참, 그렇지. 랄프에 관한 거라면 우리 둘만 조용히 이야기 하는 게 좋겠는걸."

맥이 진지한 표정을 지으면서 말했다.

"실례 좀 할게, 숙녀 여러분. 흐리멍덩한 회색 심들끼리 따 분하게 의논할 게 있거든. 가지 말고 기다려 줘!"

맥은 자기의 말을 열심히 듣고 있던 색연필들을 둘러보며 말했다. 그러고는 페니의 어깨에 손을 올리며 조용한 구석 으로 이끌었다.

"무슨 일인데?"

페니는 랄프에게 심각한 문제라도 생긴 건 아닌지 걱정스 러웠다.

맥이 머뭇거리며 이야기를 꺼냈다.

"이건 좀 개인적인 문제라, 다른 필기구들 앞에서는 얘기 하고 싶지 않아서 그래. 랄프 말이야……. 저기, 그 아이 는……."

"랄프가 뭐?"

페니가 재촉했다.

돌아보아
언제든지!

"랄프는 손에 땀이 무지 많이 나."

맥은 땀이 더러운 병균이라도 되는 듯이 말했다.

"나는 미끄러지지 않고 똑바로 서 있기도 힘들어. 너는 그럴 때 어떻게 했어?"

"난 그런 건 별로 못 느꼈는데."

페니가 대꾸했다.

"흠, 아마도 흡수성 때문이겠지. 넌 나무 연필이니까 땀을 흡수할 수 있지만, 난 플라스틱이라 땀이 발목까지 주르르 흐른다니까. 그건 그렇고, 네가 보기에 내 발목이 두꺼운 것 같니?"

맥이 진지하게 물었다.

"우린 랄프 이야기를 하던 중이었거든?"

페니가 맥을 못마땅하게 쳐다보았다.

"아차차, 지긋지긋한 땀 이야기를 하고 있었지. 그래서 땀을 잘 흡수하는 뭐가 없을까 생각했어. 근데 그게 바로 '톱밥'이란 생각이 들더라고. 그래서 또 생각했지. 어디서 톱밥을 구할 수 있을까? 그러다 퍼뜩 네 생각이 났지 뭐야. 네가 날 좀 도와주었으면 해서……."

"내가 널? 어떻게 말이야?"

페니가 미심쩍은 눈초리로 물었다.

"네가 뭘로 만들어졌지?"

"나무."

맥이 묻자 페니가 대답했다.

"그러면 톱밥은 어디서 생기지?"

맥이 연달아 물었다.

"나무……."

페니는 뭔가 썩 내키지 않아 말끝을 흐렸다.

"그거야! 그래서 네가 몸을 깎고 나서 나온 톱밥을 내게 줄 수 있을지 궁금했어……."

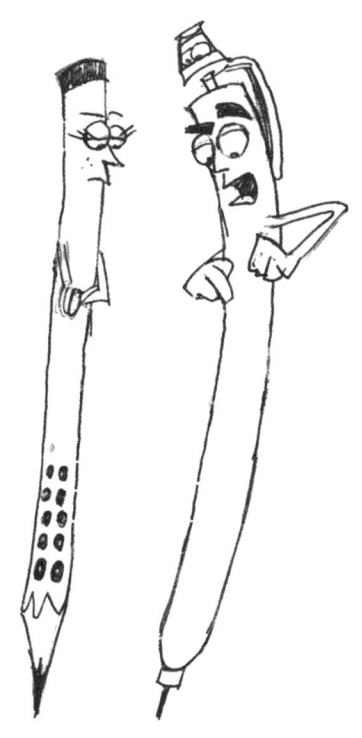

"지금 농담하니?"

페니가 큰 소리로 말하자, 필기구들이 호기심에 찬 눈으로 페니 쪽을 흘끔거렸다.

"너, 깎인다는 게 어떤 건지 알기나 해?"

페니가 목소리를 낮추고 물었다.

"저, 나야 샤프니까……. 그런데 뭐가 문제지? 너는 뾰족해지는 거고, 나는 톱밥을 좀 얻는 건데……."

맥이 대답했다.

"다시는 나한테 깎인다는 말 따위 하지 마!"

페니는 몸을 홱 돌렸다.

"흥, 그깟 톱밥 좀 가지고……. 톱밥은 네가 안 줘도 서로 주겠다고 달려들 연필들이 많다, 뭐!"

맥이 페니의 등에 대고 소리쳤다.

그 말을 듣고 페니가 다시 몸을 홱 돌리는 바람에 둘 사이의 거리는 서로 눈썹이 닿을 정도로 가까워졌다.

"나한테 부탁했던 걸 저 여자애들한테 부탁할 거면 꿈도 꾸지 마! 신사답지 못하고, 전문가답지 못한 태도니까!"

페니가 쏘아붙였다.

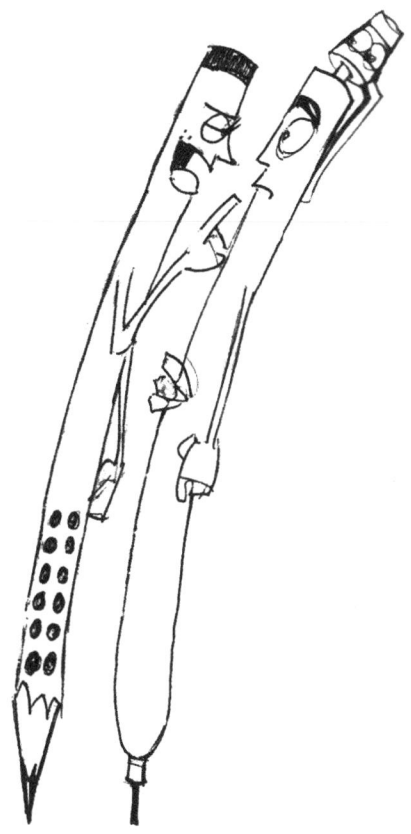

　맥은 뭔가 대꾸를 하려 했지만, 페니가 손가락을 들어 할 말이 아직 안 끝났다는 시늉을 했다.

　"랄프의 땀 나는 손이 감당 안 되면, 감당할 능력이 있는 '오의연'에게 맡기라고!"

　페니는 맥을 향해 쏘아붙이고는 쌩한 바람을 일으키며 가

버렸다.

"이상, 전직 '오의연' 새침 양의 말씀이었습니다. 전직 오늘의 연필!"

맥이 페니의 등 뒤에 대고 소리쳤지만 페니는 눈길도 주지 않았다.

6

새 친구, 옛 원수

다음 날 아침, 페니는 맥이 필통에 온 이후로 가장 기분 좋게 잠에서 깼다. 오늘 오후 미술 시간이면 필통 밖으로 나갈 수 있기 때문이었다. 페니는 오전 내내 떨리는 마음으로 안절부절못했다. 점심시간이 끝나고 종이 울리자, 페니는 지퍼 가까이로 가서 랄프가 자기를 꺼내 주기를 얌전히 기다렸다. 하지만 아무리 기다려도 미술 시간 내내 필통 지퍼는 열리지 않았다. 그때였다. 새하얗고 가지런한 이빨들이 페니의 코앞에 나타나 번쩍였다.

"이봐, 새침 양. 또 지퍼 앞에서 날 기다린 건가?"

"그런 거 아니거든!"

맥이 히죽대며 말하자 페니는 자리를 피하려고 몸을 돌렸다.

"오늘 미술 시간에 네가 없어서 아쉬웠어."

맥이 페니의 등 뒤에 대고 말했다.

"네가 날 아쉬워해?"

페니는 믿기 힘들다는 듯 물었다.

"그렇다니까. 최고로 지겨운 시간이었어. 스워드 선생님이 아이들에게 목탄을 나눠 주는 바람에 나도 한동안 옆에서 기다려야 했거든. 난 그림 그리기도 자신 있는데 말이야."

"진짜 힘들었겠다."

페니가 비꼬듯 말했다.

"사실 좋은 점도 있긴 했어."

맥이 말했다.

"그게 뭔데? 어려운 계산이며 맞춤법 같은 것들에 지쳐서 쉴 시간이 필요했나 보지?"

페니가 빈정거렸다.

"말이 나왔으니 말인데, 오늘 아침 사회 시험은 장난이 아니더라고……."

맥이 푸념을 늘어놓았다.

페니가 흥미 없다는 듯 자리를 뜨자, 맥은 쫓아와 다시 페니 앞에 섰다.

"이봐! 그러니까 내 말은, 거기 책상에 누워 있자니 이런 생각이 들더라는 거야. 목탄이 랄프의 손과 종이를 시꺼멓게 만드는 모습을 보고 있자니 나 역시 멍청한 목탄 덩어리 같다는 생각이 들더라고. 그 애가 들고 써야 할 필기구는 바로 너야. 제 주인 이름도 제대로 못 쓰는 나 같은 필기구가 아니라."

페니는 귀를 의심하지 않을 수 없었다.

"내가 진짜 하고 싶은 말은…… 미안하다는 거야. 우리 친구 할래?"

맥이 손을 내밀며 말했다.

"그래, 좋아. 친구 하자."

페니는 맥의 손을 잡고 싱긋 웃으면서 말했다.

그때 색연필들이 시끄럽게 떠드는 소리가 들려와서 맥은 색연필들이 있는 쪽으로 갔고, 페니는 맥과 친구가 되었다는 기쁜 소식을 전하러 수정액에게 갔다.

하지만 수정액과 페니의 대화는 금세 방해를 받고 말았다.

"저기 있다!"

노란 색연필이 소리치며 달려오고, 초록 색연필도 얼룩 지우개를 데리고 바싹 뒤따라왔다.

"자, 어서 말해. 페니가 시킨 거라고 인정하라고."

초록 색연필이 얼룩이를 잡고 흔들어 대며 말했다.

"내가 시키다니, 뭘?"

페니가 의아해하며 물었다.

"시치미 떼지 마."

노란 색연필이 쏘
아붙였다. 어느새
다른 색연필들도 화
난 표정으로 모여들
었다.

"시치미를 떼다니,
대체 무슨 소리야?"

페니는 황당해서 소
리쳤다.

"랄프가 사회 시험을
망쳤다고!"

색연필들이 합창하듯 외쳤다.

"그게 나랑 무슨 상관인데! 난 몇 주 동안 필통 밖에 나가
지도 못했는걸. 사회 시험에 대해 아는 게 없단 말이야!"

"거짓말하지 마!"

초록 색연필이 말했다.

이때 수정액이 나섰다.

"애들아, 이러지들 마! 페니랑 얼룩이가 도대체 뭘 어쨌다는 거야?"

"페니가 맥을 필통에서 쫓아내려고 지우개를 시켜서 랄프의 답을 몽땅 지우게 했어!"

노란 색연필이 말했다.

"내가 뭘 어떻게 했다고?"

페니가 깜짝 놀라며 물었다.

"페니랑은 전혀 관계없다고 계속 말했잖아. 나도 그렇고."

얼룩이가 말했다.

"자, 다들 조용히 해! 이 어처구니없는 주장을 뒷받침할 수 있는 목격자가 있니?"

수정액이 양손을 높이 들어 흥분한 필기구들을 진정시키며 물었다.

"꼭 목격자가 있다기보다…… 맥의 말로는 랄프가 시험지를 낼 때만 해도 답이 모두 적혀 있었대."

노란 색연필이 설명했다.

"그런데 선생님이 돌려준 시험지에는 초록색으로 큼직하게 '좀 더 열심히!'라고 적혀 있었지. 답이 절반밖에 안 써 있었어!"

초록 색연필이 덧붙여 말했다.

"그럼 누군가 답을 지웠다는 건데……."

수정액이 생각에 잠기며 말했다.

"바로 그거야!"

노란 색연필이 맞장구쳤다.

"얼룩이의 짓이거나 페니가 지우개에게 시켰다고 주장하는 근거는 뭐지?"

수정액이 다시 물었다.

"그거야 뻔하지 않아? 지우개는 지우는 게 일이야. 페니랑 얼룩이는 친구고. 또 페니는 맥을 미워하잖아."

초록 색연필이 당연하다는 듯 대답했다.

"난 맥을 미워하지 않아."

페니가 말했다.

"그건 맞아. 우린 이제 친구가 됐거든."

맥이 때마침 구경하려고 몰려든 필기구들 틈을 헤치고 나오며 말했다.

"여러분만 괜찮다면 이 문제는 내가 해결할게."

맥은 얼룩이의 어깨에 걸쳐진 초록 색연필의 팔을 내리며 색연필들을 모두 돌려보냈다.

"지난번엔 사라의 공책, 이번에는 랄프의 사회 시험지······. 뭔가 이상해."

수정액이 중얼댔다.

"모르긴 몰라도 이건 분명 검은 매직펜의 짓일 거야."

페니 목소리에 확신이 담겨 있었다.

"검은 매직펜이 누군데?"

"필통 역사상 가장 심술궂고, 못되고, 비열한 필기구래!"

맥의 물음에 얼룩이가 대답했다.

"내가 검은 매직펜을 감시할게."

맥이 결의에 찬 듯 말했다.

7

스워드 선생님은
바보야

과학 시간 내내 맥은 검은 매직펜을 감시할 엄두도 내지
못했다. 랄프가 과학을 어려워하기도 했지만, 랄프 손에 땀
이 어찌나 많이 나는지 미끄러워서 더는 버틸 수 없을 지경
이었다. 스워드 선생님은 교실을 걸어 다니면서 쪽지 시험
본 사회 공책을 아이들에게 돌려주었다.

"잘했다, 사라."

스워드 선생님이 사라에게 공책을 건네며 말했다.

사라는 얼른 공책을 펼쳤다. 초록색으로 큼직하게 '참 잘
했어요.'라고 적혀 있었다.

"할머니가 정말 좋아하시겠다. 넌 뭐 받았니, 랄프?"

랄프가 대답하기도 전에 뒷자리에 앉은 버트가 야단스럽
게 기침을 해 댔다.

"모르겠어. 선생님이 내 공책은 안 돌려주셨어."

랄프는 애써 버트를 무시하며 말했다.

그러자 사라가 손을 번쩍 들었다.

"왜 그러니, 사라?"

스워드 선생님이 물었다.

"선생님, 랄프는 시험 본 공책을 못 받았대요. 혹시 깜박하신 거예요?"

사라가 큰 소리로 말하자 랄프는 얼굴이 새빨개졌다.

"잊어버린 게 아니야. 랄프는 수업 끝나면 교실에 좀 남아라!"

랄프와 사라가 영문을 몰라 서로를 쳐다보자 버트가 뒤에서 낄낄거렸다.

"여러분, 종이 곧 울릴 테니까 가방을 싸세요. 그리고 랄프는 선생님 책상에 와서 기다려라. 공책 돌려줄 테니까."

스워드 선생님이 말했다.

당황한 랄프는 선생님 책상으로 다가가 아이들이 교실에서 빠져나갈 때까지 기다렸다.

"교문에서 기다릴게."

사라가 말했다.

"교문에서 기다릴게."

버트가 사라의 말을 흉내 냈다.

랄프는 버트를 노려보면서 자기가 선생님과 이야기하는 동안 사라에게 별일이 없기를 바랐다.

"랄프, 말해 봐. 무슨 일 있니?"

스워드 선생님이 물었다.

"아니요. 아무 일도 없는데요……."

랄프가 불안해하며 대답했다.

"사회가 많이 어렵니?"

"다른 과목들도 다 어렵죠……."

랄프는 자그마한 목소리로 대답했다.

"헛소리하는 과목이라고 생각하는 건 아니겠지?"

선생님의 목소리가 조금 커졌다.

"그럴 리가요……."

랄프가 우물쭈물 대답했다.

"그럼 랄프 너는 선생님이 멍청하다고 생각하는 거니?"

스워드 선생님이 버럭 소리를 질렀다.

"선……, 선생님이요? 전혀 그렇게 생각하지 않는데요."

랄프는 도대체 무슨 일 때문인지 걱정스러웠다.

"그럼 왜 이렇게 적은 거지?"

스워드 선생님이 화를 내면서 랄프의 공책을 책상에 '탁'
하고 내려놓았다.

랄프의 공책에는 검은 매직펜으로 '**스워드 선생님 바보**'라
고 대문짝만하게 적혀 있었다.

"어, 하지만…… 이건 제가 쓴 게 아니에요!"

"그래? 그럼 이 글씨가 저절로 써지기라도 했단 말이니?"

선생님 목소리가 차가웠다.

"어떻게 된 건지는 모르지만, 정말 제가 쓴 게 아니에요."

흥분한 랄프가 억울함을 호소했다.

"뭐, 어쨌든 여기 네가 꼭 써야 할 게 있다."

스워드 선생님이 분필을 들고서 '남을 바보라고 부르는 것은 나쁜 짓이다.'라고 칠판에 적었다.

"자, 이제 네 차례야. 공책에 이걸 100번 쓰도록 해. 다 써야 집에 가는 거다."

"하지만 전……."

랄프가 입을 열었다.

"하지만 뭐? 더는 변명하지 말고 쓰기나 해."

선생님이 쏘아붙였다.

자기 자리로 돌아간 랄프는 괜히 맥의 머리를 몇 차례 눌러 대더니, 곧 글씨를 쓰기 시작했다.

＊

기다리다 지친 사라가 집으로 가려던 순간, 랄프가 지치고 우울한 표정으로 나타났다.

"무슨 일이야?"

사라가 걱정스레 물었다.

"누군가 내 공책에 낙서를 했어."

"뭐라고 썼는데?"

사라는 분명 랄프를 화나게 할 만한 낙서일 거라고 짐작했다.

"글쎄 '스워드 선생님 바보'라고 써 놓았지 뭐야."

랄프가 공책을 꺼내 사라에게 보여 주었다.

"근데 왜 이렇게 오래 걸렸어?"

"선생님은 내가 한 짓이라고 생각해. 그래서 '남을 바보라고 부르는 것은 나쁜 짓이다.'라는 문장을 100번이나 쓰라고 했어."

"어쩜 좋아."

사라가 랄프를 위로했다.

"게다가 엄마한테 보내는 쪽지를 써서 거기에 확인도 받아 오라고 했어."

"하지만 이건 네 글씨체가 아닌데……."

"나도 알아!"

랄프가 짜증 섞인 목소리로 말했다.

"검사받는 공책에 선생님 욕을 쓰는 바보가 세상에 어디 있다고. 정말 네가 썼다고 믿는다면, 선생님은 정말 바보일 거야."

"쉿, 선생님 나오신다!"

문이 열리고 스워드 선생님이 교실 밖으로 나와 재빠르게 걸어가는 게 보였다.

"이번 일은 버트랑 관계가 있을 거야."

사라가 말했다.

"나도 그렇게 생각해. 하지만 그걸 어떻게 증명하지?"

랄프가 물었다.

"너랑 나, 선생님과 달리 버트는 진짜 멍청이잖아. 들통 나는 건 시간문제야. 낌새가 보이면 우리가 나서면 돼."

사라가 침착하게 말했다.

"알았어. 근데 오늘 저녁에 엄마한테 쪽지를 보여 줘야 하니 큰일이야."

랄프 목소리에 힘이 없었다. 두 사람은 우울하게 집으로 향했다.

"근데 사라, 정말 우스운 게 뭔지 알아?"

"뭔데?"

"난 검은 매직펜을 갖고 있지도 않다는 거야. 오래전에 잃어버렸거든."

"맞아! 선생님께 그 말을 했니?"

사라가 약간 기대하며 물었다.

"선생님은…… 내 말을 들으려고도 안 했어. '더는 변명하지 말고 쓰기나 해!' 이러면서 말이야."

랄프가 스워드 선생님의 말투를 흉내 냈다.

"흠, 그래도 엄마는 네 말을 믿어 주실 거야. 네가 얼마나 물건을 잘 잃어버리는지 아시니까."

사라의 말을 듣고 랄프 얼굴이 한결 밝아졌다.

"맞아. 엄마는 알 거야. 그래서 샤프도 사 줬는걸. 별일은 없겠지."

랄프는 그 말을 하면서 그제서야 맥을 필통에 넣지 않았다는 걸 깨달았다.

'그래, 큰일이야 있겠어?'

＊

그 시간, 페니와 수정액과 얼룩이는 걱정하느라 제정신이 아니었다. 오래전에 수업 끝나는 종이 울렸는데도 맥이 돌아오지 않은 것이다. 지금은 랄프가 필통을 가방에 넣고 집으로 가는 중인 것 같았다.

결국 맥을 잃어버린 거라고 모두가 포기하려고 할 때, 갑자기 지퍼가 열리더니 맥이 필통 안으로 던져졌다.

"무슨 일 있었니?"

페니가 달려와서 걱정스럽게 물었다.

"랄프가 남겨졌어."

맥이 대답했다.

"남겨진 게 뭔데?"

얼룩이가 물었다.

"혼날 짓을 해서 선생님이 수업 다 끝나고도 교실에 남아 있게 하는 거야."

수정액이 친절하게 설명해 주었다.

"랄프가 무슨 짓을 했길래 그래?"

이번엔 페니가 물었다.

"사회 공책에 '스워드 선생님 바보'라고 썼나 봐."

맥이 대답했다.

"'썼나 봐.'라니. 확실하지 않다는 뜻이야?"

얼룩이가 물었다.

"랄프가 그런 짓을 할 리가 없는데……."

맥과 페니가 동시에 입을 열었다.

페니는 순간 당황해서 말문이 막혔고, 맥이 계속 말을 이어 갔다.

"그게 다가 아니야. 그 낙서는 랄프가 갖고 있지도 않은 필기구로 써 있었다는 거야."

"어떤 필기구였는데?"

페니는 맥의 입에서 어떤 답이 나올지 뻔히 짐작하면서도 물었다.

"검은 매직펜."

맥이 대답했다.

"그가 돌아왔어."

페니가 중얼거렸다.

"맥, 오늘 교실에서 검은 매직펜을 봤니?"

"아니, 그냥 낙서에서만 봤을 뿐이야."

수정액의 물음에 맥이 대답했다.

"비밀 작전을 짜서 본격적인 수사를 해 봐야겠어."

수정액이 말했다.

"뭘 한다고?"

페니가 물었다.

"비밀 작전. 다른 필통 안에 들어가서, 검은 매직펜이 무슨 일을 꾸미고 있는지 실마리를 찾는 거야."

수정액이 설명했다.

"아……."

페니가 이해했다는 듯 고개를 끄덕였다.

"검은 매직펜은 틀림없이 랄프 근처에 앉은 아이의 필통에 숨어 있을 거야. 페니, 내일 첫 시간에 기회를 봐서 몰래 폴리한테 가 봐. 그리고 주변에 뭔가 이상한 기미가 있는지 한번 물어보고."

"알았어."

페니가 고개를 끄덕였다. 비밀 작전의 첫 임무는 페니의 마음을 설레게 하기에 충분했다.

"그리고 조심해야 해. 지난번엔 우리가 검은 매직펜을 너무 얕잡아 본 것 같아. 검은 매직펜은 마음만 먹으면 무슨 짓이든 할 녀석이라고."

수정액이 강하게 경고했다.

8

교내 색칠 대회

다음 날 아침, 페니는 아주 흥분된 상태로 일어났다. 일어나자마자 몸을 꼼지락거려 지퍼 앞으로 가서, 맥과 함께 지퍼가 열리기를 초조하게 기다렸다.

수업이 시작되자 랄프는 필기를 하려고 맥을 꺼낸 뒤에 필통 지퍼를 그대로 열어 두었다. 페니는 랄프가 잠시 한눈을 판 사이 필통 밖으로 빠져나와 얼른 사전 뒤에 숨었다.

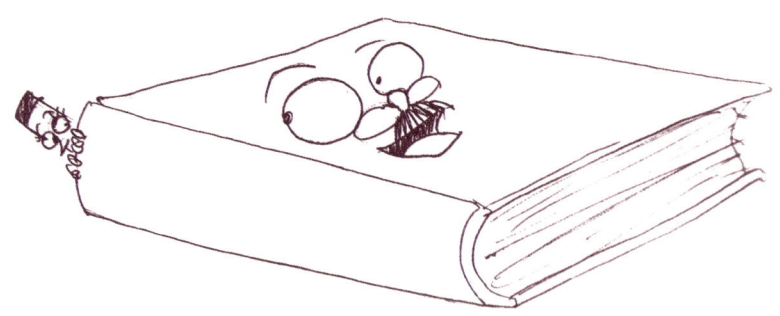

"페니! 이게 얼마 만이야? 얼굴 본 지 몇 겁은 지난 것 같구나."

사전은 페니를 보자 반가워서 소리쳤다.

"그게 무슨 말이에요?"

페니가 소리 죽여 묻자 사전이 한숨을 푹 내쉬었다.

"정말 오랜만이라고."

사전이 또박또박 대답했다.

"쉿! 좀 조용히 하세요. 전 지금 비밀 작전 중이라고요."

페니가 소곤댔다.

"킬킬, 네가 그런 걸 제대로 해낼 수 있겠니?"

사전이 비아냥거리며 큰 소리로 말했다.

"사전 할아버지만 시끄럽게 굴지 않으면 얼마든지 잘할 수 있어요!"

페니가 쏘아붙였다.

"내 발성이 그렇게 악성인지는 미처 몰랐는걸."

사전이 말했다.

"그건 또 무슨 말이에요? 아무튼 제가 사전 할아버지 표지 밑에 숨을 때까지 제발 좀 조용히 해 주세요!"

페니가 투덜댔다.

페니는 사전 표지 밑에 몸을 숨기고는, 엄지손가락을 들어 올려 맥에게 작전 1단계 성공을 알렸다.

사전이 혀를 차며 말했다.

"쯧쯧, 사방에 손을 흔들어 대면서 무슨 비밀 작전을 펼친다는 건지……."

사전이 잔소리를 시작하려는데, 마침 랄프가 단어를 찾으려고 사전을 집어 들었다.

사전이 공중에 떠오르자 페니는 사전에 꼭 매달렸다. 그러다 랄프가 사전을 내려놓기 직전에 건너편 사라의 책상으로 뛰어내렸다. 책상에 세게 부딪치긴 했어도 용케 사라나 랄프에게 들키지 않고 사라의 필통으로 굴러갈 수 있었다. 하지만 지퍼가 꼭 닫혀 있어서, 페니는 우선 필통 밑으로 들어가야 했다. 거기 있으면 당장 사라에게 들키진 않을 것 같았다.

종이 울리자, 사라는 지퍼를 열고 폴리를 필통에 넣었다. 그 순간 페니도 얼른 필통 안으로 미끄러져 들어갔다.

폴리는 지퍼 바로 아래에 눈을 감고 누워서 숨을 헐떡이

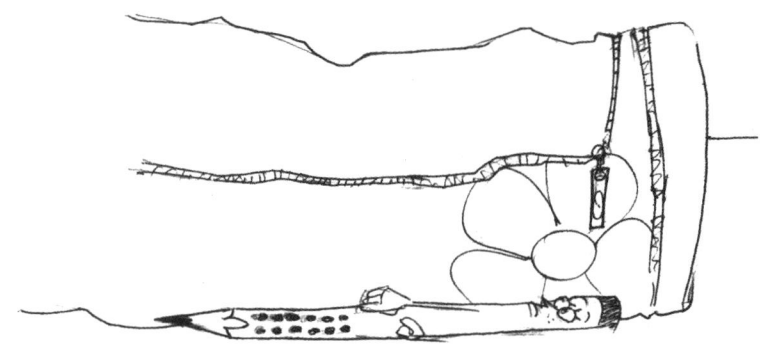

고 있었다. 사라는 글씨를 아주 빨리 썼기 때문에, 폴리는
수업이 끝난 후엔 늘 지치곤 했다. 마침내 눈을 뜬 폴리가
페니를 보고 함박웃음을 지었다.

"페니! 정말 오랜만이다! 여긴 어떻게 들어왔어?"

폴리가 물었다.

"랄프가 읽던 '명탐정과 대담한 형사'에 나오는 방법을 좀
써 봤지."

페니가 으쓱하며 장난 섞인 목소리로 말했다.

"사라가 읽는 '영재 소녀를 위한 지리'보다 더 재미있는 책
같은데? 그나저나 이렇게 만나니 정말 반갑다. 요즘 랄프는
잘난 척하는 샤프만 쓰는 것 같더라."

폴리가 말했다.

"맥 말이구나. 알고 보면 그렇게 나쁜 애는 아니야."

"여기엔 인사하러 온 거야?"

폴리가 눈썹을 까닥거리며 물었다.

"사실은 말이야, 아주 중요한 일이 있어서 왔어……."

페니는 주위를 살피며 조용히 말을 꺼냈다. 그리고 사라의 필통 안을 찬찬히 살펴보던 페니가 갑자기 뭔가를 발견하고는 말꼬리를 흐렸다. 사라의 모든 색연필들이 발가락을 유난히 뾰족하게 하고서 흥분된 표정으로 필통 안을 거닐고 있는 게 보였다.

"혹시 무슨 일 있니?"

페니가 물었다.

"설마 모르는 건 아니겠지? 교내 색칠 대회가 있잖아. 사라의 색연필들은 몇 주째 그 이야기만 하고 있다니까. 랄프의 색연필들도 그렇지?"

폴리가 눈동자를 굴리

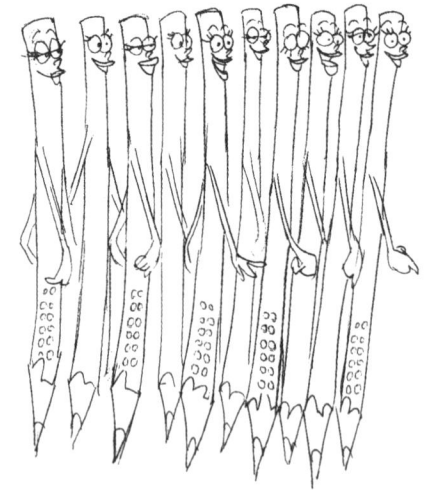

면서 말했다.

"글쎄……, 잘 모르겠어. 실은 랄프의 색연필들이 요즘 나한테 말도 안 걸거든."

페니는 멋쩍어하면서 폴리에게 랄프의 필통 안팎 사정을 모두 말했다.

"바로 '그' 검은 매직펜 말이야?"

폴리가 겁먹은 표정으로 물었다.

"그런 것 같아."

페니가 고개를 끄덕였다.

"검은 매직펜을 두 눈으로 똑똑히 본 거야?"

폴리가 다시 물었다.

"아니. 랄프의 필통에는 발도 안 들여놨어. 하지만 우린 그 녀석이 근처 필통에 숨어 있을 거라고 생각해. 특히 버트의 필통일 가능성이 커. 혹시 여기서 검은 매직펜을 본 적이 있니?"

"아니, 전혀!"

폴리가 무슨 말을 더 하려는데, 색연필들이 지퍼 앞쪽으로 우르르 몰려오는 바람에 잠시 말이 끊겼다.

"쟤들은 왜 저러는 거야?"

페니가 물었다.

"색칠 대회 준비를 하는 거야. 스워드 선생님이 오후 쉬는 시간을 이용해서 대회에 낼 작품을 마무리하라고 했거든. 정말 오랜만에 휴식 시간이 생겼어. 내가 이 시간을 얼마나 기다렸는데."

폴리가 행복한 듯 말했다.

"너무 긴장을 풀면 안 돼. 본격적으로 비밀 작전을 시작해야 하니까. 폴리, 너도 낄 거지?"

"정말 그래도 돼?"

페니의 말에 폴리는 신이 나서 물었지만, 곧 고개를 숙이며 실망했다.

"하지만…… 난 못 해. 사라가 날 보고 싶어 할 거야."

"그래……, 그렇겠구나."

페니는 갑자기 무척 슬퍼졌다. 맥이 필통에 온 후 랄프는 페니를 조금도 보고 싶어 하지 않았기 때문이다.

페니의 마음을 눈치챈 폴리가 말했다.

"페니……. 미안해. 내 말뜻은 그런 게 아니라……."

"아니야, 괜찮아. 세상이 끝난 것도 아닌데, 뭘. 아직은 괜찮아. 앞으로 검은 매직펜이 우리한테 무슨 짓을 저지를지 모르지만 말이야."

"그래, 네 말이 맞아. 사라는 내가 없어도 며칠은 버틸 수 있을 거야. 검은 매직펜을 막아야 해. 우리가 아니면 누가 하겠어!"

폴리가 마음을 고쳐먹고 결심한 듯 말했다.

"그러니까…… 나랑 같이 가겠다고?"

페니가 믿기 어려운지 확인하듯 물었다.

"그렇다니까!"

폴리가 대답했다.

"틀림없이 재미있을 거야!"

페니가 아주 기뻐했다.

"약간 위험하기도 할 거고."

폴리가 진지한 표정으로 대꾸

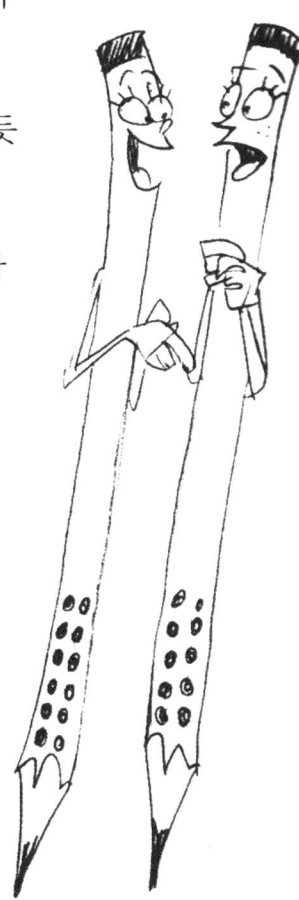

했다.

"물론 위험하기도 하겠지. 하지만 분명 재미있는 일이 더 많을 거야!"

페니의 목소리는 들떠 있었다.

"자, 이제 변장을 해야겠어."

폴리가 말했다.

"뭐 하러?"

"변장을 안 하면 비밀 작전을 펼칠 수가 없잖아. 뭐 준비해 온 건 없어?"

"저기……, 실은 그런 생각까지는 못 했어."

페니가 머쓱해하자 폴리가 잠시 생각에 잠겼다가 환한 얼굴로 말했다.

"뭐, 괜찮아. 여기 쓸 만한 게 많이 있으니까."

"그래?"

페니는 사라의 말끔한 필통 안을 둘러보았다.

"당연하지. 그럼 의상을 맡고 있는 친구들한테 가서 우리가 어떻게 변장하면 좋을지 알아보자."

폴리가 앞장서며 말했다.

몇 분 후, 필기구들의 의
상을 맡고 있는 연필깎이와
반짝이 펜들은 폴리와 페니
를 완전히 다른 모습으로
탈바꿈시켰다.

"폴리? 정말 너야?"

페니는 믿을 수 없다는 듯
반짝거리는 막대기에 대고 물었다.

"페니! 너 정말 멋지다! 이제 아무
도 우릴 못 알아볼 거야."

폴리도 환호성을 지르며 말했다.

"좋았어. 이제 가 보자!"

페니가 외쳤다.

하지만 페니와 폴리가 지퍼에 도착하기
도 전에 지퍼가 열렸고, 색칠하러 나갔던 색
연필들이 춤추듯 줄을 지어 쏟아져 들어왔다.

"와아, 폴리! 진짜 근사해 보인다!"

색연필들이 호들갑을 떨며 말했다.

"폴리, 얘는 네 친구니?"

"너희도 우리랑 같이 파티하지 않을래?"

색연필들이 말했다.

"무슨 파티인데?"

페니가 물었다.

"색칠 대회가 막 끝났거든. 우린 사라가 상을 탈 거라고 확신해. 그걸 축하하는 파티야."

노란 색연필이 대답했다.

"어떻게 확신할 수 있지?"

페니가 의아해하며 물었다. 그리고 한편으로 랄프의 작품이 궁금해졌다.

"이봐, 친구. 사라는 작년에 케이크 만들기 대회에서도 1등을 했어. 입체물도 잘 만드는 실력인데, 평면인 그림이야 식은 죽 먹기지!"

분홍 색연필이 대답했다.

"페니, 어떻게 할래? 비밀 작전을 하루만 늦출 수 있겠니?"

폴리가 물었다.

페니는 필통 안을 둘러보았다. 파티가 한창 무르익어 재미
있을 것 같았다.

"그래. 뭐, 하룻밤 늦춘다고 별일이야 있겠어……."

페니는 얼른 춤추는 행렬에 끼어들었다.

9

사라재수없어

파티는 밤늦게까지 계속되었고, 다음 날 아침 페니가 눈을 떴을 땐 주위가 온통 깜깜했다.

'아직 새벽인가 봐.'

페니는 속으로 중얼거리며 좀 더 자려고 돌아누웠다. 그때 사방이 몹시 흔들리기 시작했고 메스꺼움을 느꼈다.

"폴리? 폴리? 아직 자니? 무슨 일이 벌어진 것 같아."

페니가 속삭였다. 하지만 폴리는 아무런 대답이 없었다. 사방이 몹시 흔들리면서 아무것도 보이지 않자, 페니는 덜컥 겁이 났다.

"폴리!"

페니가 목소리를 조금 키워 폴리를 불렀다.

그때 어디선가 속삭이는 소리가 들려와 귀를 기울였다. 그건 폴리가 아니라, 사라의 색연필들이 말하는 소리였다.

"어젯밤에는 자암을 못 자았어."

"음악 소오리가 커서?"

"아니! 새액칠 대회 새앵각을 하느라고. 겨얼과가 오늘 나와. 우우리가 상을 타알까?"

"사라는 아아주 자신 있나아 봐. 포올짝폴짝 뛰어서 하악교에 가는 게 어얼마 만인지 모르겠는걸."

'폴짝폴짝 뛴다고? 그래서 이렇게 흔들렸구나!'

페니는 혼자 고개를 끄덕이며 중얼거렸다.

랄프는 한 번도 폴짝폴짝 뛴 적이 없었는데, 페니는 사라가 왜 이렇게 일찍부터 폴짝거리며 학교에 가는지

궁금했다. 그때였다. 사라가 갑자기 멈춰 섰고 페니의 몸은 앞으로 심하게 쏠렸다. 그 바람에 페니의 얼굴을 가리고 있던 뭔가가 머리 위로 벗겨지는 것 같더니 순간 눈앞이 환해졌다!

사라의 필통 안은 뒤죽박죽이었다. 리본 장식, 파티용 모자, 플라스틱 컵이 사방에 널브러져 있었다. 페니는 머리로 손을 뻗어 자기 얼굴을 가렸던 물건을 더듬어 보았다. 파티용 모자였다. 페니는 모자를 똑바로 고쳐 쓰고는 다시 폴리를 깨워 보았다.

"폴리, 폴리. 일어나!"

페니는 폴리의 어깨를 흔들었다.

"음……, 자기 전에 한 곡만 더 출래……."

폴리는 몸을 굴려 이불 속으로 파고들면서 중얼댔다.

"정신 차려, 폴리. 아침이야. 잠꼬대 그만하고 어서 일어나라고."

페니가 말했다.

"벌써 아침이라니, 그럴 리가……. 오늘은 학교 가기 싫은데……."

폴리가 나른한 목소리로 말했다.

"우린 벌써 학교에 다 왔다고. 곧 사라가 널 집으려고 필통에 손을 넣을 거야."

폴리는 눈을 가느다랗게 뜨고 페니를 보았다.

"너도 알다시피 우린 비슷하게 생겼잖아. 네가 나 대신 필기 좀 해 주면 안 될까? 첫 수업까지만……."

폴리가 애원하듯 말했다.

"오늘은 아무도 널 대신할 수 없어. 우린 비밀 작전을 시작해야 하잖아. 버트의 필통에 가야 된다고. 기억하지? 우린 검은 매직펜을 꼭 찾아야 해."

"참, 그렇지."

폴리는 '검은 매직펜'이란 말에 정신이 번쩍 들었다. 필통밖에서 수업 시작을 알리는 종소리가 들렸다.

"금방 사라가 필통을 열 거야. 이제 어쩌지?"

폴리가 물었다.

"나도 몰라. 여긴 네 필통이잖아. 얼른 숨을 만한 곳을 생각해 봐."

페니가 다그쳤다.

"알겠어. 이쪽이야."

폴리는 페니의 손을 잡고, 커다란 파티 장식품 더미로 갔다.

잠시 후 지퍼가 열렸다. 페니와 폴리는 장식품 더미 속에 숨어 밖을 살짝 내다보았다. 사라의 손이 필통에 들어와서 색연필들 사이를 뒤적이고 있었다.

"사라가 우리를 찾아낼 거야. 찾아내고 말 거라고."

폴리가 걱정했다.

사라의 손이 페니와 폴리의 곁을 아슬아슬하게 스쳐 지나 갔다.

"쉿! 사라가 듣겠어."

페니가 주의를 주었다.

"말도 안 돼. 연필들의 말을 사람이 어떻게 듣니이이 이……."

순간, 장식품 더미 속에 있던 페니와 폴리는 공중으로 들어 올려졌다.

"내 필통에 왜 이런 쓰레기가 들어 있지?"

사라는 연필 길이만 한 리본과 풍선, 그리고 파티용 모자 를 책상 위에 꺼냈다.

페니와 폴리는 사라가 책상 위에 꺼내 놓은 장식품 더미에 찰싹 붙어 가만히 숨어 있었다.

"내가 아끼는 연필이 어디 갔지?"

사라가 필통 속을 다시 들여다보며 중얼댔다.

"사라, 잠깐 앞으로 나와 볼래?"

스워드 선생님이 사라를 불렀다.

사라는 선생님이 부르자 앞으로 빨리 나가려고 하다가 책상에 부딪쳤고, 덕분에 페니와 폴리는 버트의 필통 쪽으로 굴러갈 수 있었다.

페니와 폴리가 버트의 필통에 닿는 순간, 교실 앞쪽에서 흐느끼는 소리가 들려왔다.

"사라가 우는 것 같아."

폴리가 구르기를 멈추고 교실 앞쪽을 보며 말했다.

사라가 반 친구들 앞에서 울고 있었다. 스워드 선생님이 도화지를 들고서 안경 너머로 아이들을 쳐다보았다.

"여러분, 심각한 문제가 생겼어요. 아주 심각한 일이에요. 우리 반의 누군가가 끔찍한 일을 저질렀어요."

아이들이 여기저기서 웅성거렸다. 랄프는 발가락을 꼼지

락대며 사라에게 무슨 일이 생겼나 걱정스러운 눈빛으로 자
리에 앉아 있었다. 그리고 사라가 너무 염려된 나머지 버트
가 뒤에서 낄낄대는 것도 눈치채지 못했다.

"이런 말을 해서 유감스럽지만, 교내 색칠 대회에서 충분
히 상을 탔을 만한 작품을 누군가 망쳐 놓았어요."

스워드 선생님은 반 전체가 볼 수 있도록 도화지를 들어

올리며 말했다.

사라가 낸 작품에 '사라 재수없어.'라고 검은 매직펜 글씨가 적혀 있었다.

폴리는 숨이 멎는 것 같았다.

"여러분, 범인이 나타날 때까지 아무도 교실 밖으로 나갈 수 없어요."

스워드 선생님이 말했다.

"다 내 잘못이야."

폴리가 흐느꼈다.

"그게 무슨 소리야?"

페니가 물었다.

"저걸 봐. 검은 매직펜 글씨잖아. 어젯밤에 내가 파티에 가자고만 안 했어도, 우린 검은 매직펜을 찾았을 거야. 그랬으면 이런 일도 일어나지 않았을 테고. 가여운 사라! 너무 슬픈 표정이야."

폴리가 울먹이며 말했다.

"진정해, 폴리. 우리에게는 당장 해야 할 일이 있잖아……."

페니가 폴리를 버트의 필통 쪽으로 이끌며 말했다.

"랄프, 앞으로 나와 볼래?"

스워드 선생님이 랄프를 불렀다.

"설마 랄프가 한 짓이라고 생각하는 건 아니겠지?"

페니는 잠시 걸음을 멈추고 교실 앞으로 나가는 랄프를

지켜보며 말했다.

"네, 선생님."

선생님 앞에 선 랄프가 발밑을 내려다보면서 조그만 목소리로 대답했다.

"저번엔 내가 실수한 것 같다, 랄프."

스워드 선생님이 말했다.

랄프와 반 아이들은 놀란 표정으로 스워드 선생님을 쳐다보았다. 사라도 울음을 멈추었다. 어른이, 그것도 선생님이 자기 실수를 인정하는 것은 결코 흔한 일이 아니었다.

"사라의 작품에 이런 몹쓸 짓을 한 녀석이 네 사회 공책에도 같은 짓을 한 것 같다. 네가 사라에게 이런 짓을 할 리가 없지. 지난번에 선생님이 너한테 억울하게 벌준 것을 사과하고 싶어."

아이들은 놀라서 웅성거렸고, 랄프는 얼굴을 붉혔다. 페니는 랄프가 아주 자랑스러웠다.

"범인은 이제 그만 자수하겠니?"

스워드 선생님이 나머지 아이들을 향해 고개를 돌리며 말했다. 아이들 모두 교실을 이리저리 둘러보는데, 유일하게 버트만 책상에 난 흠집을 쳐다보고 있었다.

"안 나올 거니? 그럼 할 수 없지. 너희들이 가진 검은 매직펜을 전부 압수할 수밖에."

페니와 폴리는 서로를 바라보았다.

"검은 매직펜을 전부?"

"한 개가 아니란 뜻이지?"

페니와 폴리는 아이들이 저마다 필통을 뒤적이는 모습을 지켜보고는 깜짝 놀랐다.

아이들이 검은 매직펜을 꺼내 교실 앞으로 들고 나갔다. 스워드 선생님은 아이들 모두가 상자에 검은 매직펜을 담을 때까지 기다렸다. 버트도 상자 속에 검은 매직펜을 넣었다.

"저렇게 많은데 어떻게 그 녀석을 알아보지?"

폴리가 걱정했다.

"너무 멀어서 제대로 봤는지는 모르겠지만, 아직 그 녀석은 모습을 드러내지 않았어."

페니가 말했다.

"다 똑같이 생긴 것 같은데."

폴리가 고개를 갸웃거리는 사이, 아이들이 각자 자기 자리로 돌아갔다. 그런데 누군가 자리로 돌아오다가 버트의 책상을 툭 건드렸다. 그 바람에 페니와 폴리는 버트의 책상

에서 굴러 떨어졌다.

"안 돼!"

페니가 책상에서 떨어지며 소리쳤다.

페니는 배가 목구멍까지 올라오는 듯한 기분을 느끼며 딱딱한 교실 바닥에 부딪칠 마음의 준비를 했다. 하지만 페니와 폴리는 뭔가 폭신하고 따뜻한 것 위에 떨어졌다.

낯선 여자아이 목소리가 들렸다.

"애들아! 혹시 누구…… 이거 잃어버린 사아람……? 어, 연필에 이름이 안 붙어 있네……. 그럼 뭐, 주운 사람이 임자지!"

페니와 폴리는 무슨 일이 벌어지고 있는지 알아차릴 새도 없이, 좁고 어두운 곳에 갇히게 되었다.

필통에 갇히다

"포리?"

페니가 나직이 폴리를 불렀지만, 무언가에 입술이 꾹 눌린 상태라 제대로 말을 할 수 없었다. 아무런 대답도 들리지 않았다.

"포리!"

페니가 다시 큰 소리로 불렀다.

"소리칠 필요 없어! 난 바로 네 옆에 있으니까."

"여기가 어디야?"

"나도 잘 모르겠는데……. 어? 페니, 여기 좀 봐! 뭐라고 적혀 있어……. 루…… 시…… 윌리엄스."

폴리는 코앞에 있어서 잘 보이지 않는 글씨를 읽으려고 애를 썼다.

"루시 우리암스가 뭔데?"

여전히 부정확한 소리로 페니가 물었다.

"여기 연필들이 다 그래."

폴리가 맞은편에 있는 빨간색과 흰색 줄무늬 연필을 보며 말했다.

그 연필도 똑같은 표를 붙이고 있었다.

"하나같이 옆구리에 '루시 윌리엄스'라고 써 있어."

"새로 나온 연필 이름인가?"

페니가 물었다.

"그건 아닌 것 같은데."

폴리가 줄무늬 연필들을 바라보며 뭘 좀 알아낸 것처럼 말했다. 줄무늬 연필에 붙은 너덜너덜한 테이프가 눈에 띄었다.

"연필에 뭘 붙인 것 같아."

폴리는 어렵사리 팔을 빼서 줄무늬
연필에 붙은 테이프를 잡아당겼다.

"아야!"

줄무늬 연필이 비명을 질렀다. 그
러고는 한 발짝 물러서더니 폴리의
뺨을 '찰싹' 때렸다.

"무슨 짓이야!"

폴리가 뺨을 맞고 비틀대며 소리
쳤다.

"너야말로 무슨 짓인데?"

줄무늬 연필이 화가 나서 쏘아붙였다.

"미안해. 네 몸에 뭐가 붙어 있는 것 같아서……."

폴리가 말했다.

줄무늬 연필은 얼른 떨어진 테이프를 다시 붙이면서 말
했다.

"당연하지! 이건 내 이름표란 말이야. 이걸 떼어 버리면
다른 애들이 연필을 마구 가져다 써도 루시가 어떻게 알 수
있겠니?"

"음, 글쎄……."

폴리가 중얼댔다.

"그런데 네 이름표는 어디 있어?"

줄무늬 연필이 폴리를 잡고 한 바퀴 빙 돌리면서 물었다.

"또 네 것은?"

이번에는 페니를 붙잡고 요리조리 살피면서 줄무늬 연필이 다시 물었다.

"우린…… 이름표가 없는데."

페니가 대답했다.

"어째서? 루시가 너희를 잃어버리면 어떡해?"

줄무늬 연필이 다그쳤다.

"사실 우린 루시의 연필이 아니야."

폴리가 말을 꺼냈다.

"그럼 우리 필통에서 뭐 하는 거야?"

줄무늬 연필이 냅다 소리를 질렀다.

페니가 성난 줄무늬 연필과 폴리 사이에 끼어들며 말했다.

"저기…… 내 친구 좀 눈감아 줘. 요즘 제정신이 아니거든. 왜냐면…… 왜냐면 이름표를 잃어버려서 그래. 그렇지,

폴리······ 포닉?"

페니는 폴리의 정체를 숨기려고 가짜 이름을 대며 말했다.

"쟤 이름이 뭐라고?"

줄무늬 연필이 다시 물었다.

"폴리포닉, 그게 애 이름이야."

페니가 둘러댔다.

"연필 이름 한번 이상하네. 그럼 넌 이름이 뭐야?"

"저 친구는······ 페니······ 실린이야."

이번엔 폴리가 페니의 가짜 이름을 말했다.

"폴리포닉과 페니실린이라······. 아무튼 너희들도 이름표를 붙이는 게 좋겠다. 날 따라와."

줄무늬 연필은 다른 필기구들을 밀치고 지나가면서, 페니와 폴리에게 따라오라고 손짓했다.

"'폴리포닉'이라고?"

폴리가 이를 악물고 말했다.

"떠오른 이름들 중에선 그래도 그게 제일 나았다고. 그러는 넌 '페니실린'이 뭐니?"

페니가 맞받아쳤다.

"네가 약을 좋아할 것 같아서 그랬지."

폴리가 대꾸했다.

줄무늬 연필은 페니와 폴리에게 이름표를 붙이고 나서야 필통 안을 돌아다니게 해 주었다. 하지만 연필이 어찌나 많은지 다니기가 쉽지 않았다.

"이상한 낌새가 보이니?"

페니가 연필들 틈을 간신히 헤치고 나오며 물었다.

"글쎄……, 연필마다 '루시 윌리엄스'라는 이름표가 붙은 거랑 이름표 만드는 기계가 있다는 사실 말고는 잘 모르겠는데?"

폴리가 말했다.

"그래, 맞아. 이 필통엔 연필들이랑 이름표 만드는 기계만 있고 지우개나 크레용, 매직펜 같은 건 하나도 없다고. 검은 매직펜이 여기 있다면, 틀림없이 눈에 띄었을 거야."

페니도 자기 생각을 말했다.

"생각해 보니 그러네! 이건 시간 낭비라고. 여기서 얼른 빠져나가자."

폴리가 맞장구쳤다.

페니와 폴리는 다른 연필들을 밀치면서 지퍼 앞쪽으로 나갔다. 그런데 줄무늬 연필이 앞을 가로막으려 말했다.

"어디 가려는 거야?

"산책 좀 하려고. 맑은 공기를 쐬고 싶어서."

페니가 대답했다.

"여기가 너무 후덥지근해서 말이야."

폴리도 거들었다.

"규칙을 까맣게 잊었니?"

줄무늬 연필이 윽박질렀다.

"그런 건 아니고……."

페니가 작은 목소리로 대답했다.

루시의 연필들이 우르르 몰려들어 합창하듯 말했다.

"루시가 우릴 집지 않으면 우린 필통 밖으로 절대 못 나가.

밖에 나가도 항상 루시의 손에 쥐어져 있어야 하고."

"하지만 우린 그저……."

"너희끼리 밖에 나가면 길을 잃는다고!"

페니의 말이 끝나기도 전에 줄무늬 연필이 소리쳤다.

"나가지 않을게. 우린 그냥 지퍼랑 가까운 곳에 서 있기만
할게."

폴리가 대답했다.

"지퍼에서 물러서! 지퍼에서 물러서!"

연필들이 페니와 폴리를 필통 안쪽 구석으로 밀면서 입을
모아 외쳤다.

페니와 폴리는 몸이 눌려서 찌그러질 것만 같았다. 페니와 폴리가 다른 연필들을 밀어낼수록, 연필들은 더 세게 페니와 폴리를 구석으로 밀어붙였다.

"아무래도 여기서 빠져나갈 수 없을 것 같아."

폴리가 울먹였다.

"아니, 나갈 수 있어. 종이 울릴 때까지 기다렸다가, 루시가 지퍼를 열면 그때를 틈타서 나가자."

페니가 폴리에게 용기를 북돋우고 있는데 때마침 종이 울렸다.

"준비됐지?"

페니가 폴리의 팔을 꼭 잡으며 물었다.

페니와 폴리는 지퍼 열리는 소리가 날 때까지 잠자코 기다렸다. 하지만 루시의 연필들이 지퍼 앞으로 우르르 몰려갔다가 다시 뒤로 우르르 밀려오는 바람에, 페니와 폴리는 필통 뒷벽에 세게 부딪히고 말았다.

"아무래도 안 되겠어! 우린 영영 여기에 갇힌 거라고!"

폴리가 울면서 말했다. 연필들이 마구 밀어 대자, 폴리는 벽에 눌려서 숨도 제대로 못 쉴 지경이었다. 바로 그때, 뭔가

가 찢어지는 소리가 났다.

"무슨 소리지?"

폴리가 루시의 연필들을 있는 힘껏 되밀면서 말했다.

루시의 연필들을 떼밀고 있던 페니가 고개를 돌려 폴리 쪽을 쳐다봤다. 폴리의 발가락 바로 옆, 솔기에 난 구멍으로 가느다란 빛이 들어왔다.

"그만 밀어."

"뭐라고?"

"얘들이 우리를 끝까지 밀게 그냥 두라고."

"그럼 얘들이 우릴 뭉개 버릴 거야!"

폴리가 소리쳤다.

"내 말대로 해!"

페니가 더 크게 소리쳤다. 그리고 루시의 연필들을 되밀던 손을 놓자마자 필통 옆면에 세게 부딪혔다.

폴리도 밀던 손을 놓아 버리자, 연필들이 더 세게 밀려왔다. 곧이어 요란하게 '찌지지직' 소리가 나면서 필통이 찢어졌고, 페니와 폴리를 비롯해 루시의 연필 모두가 책상 위에 와르르 쏟아졌다.

"어? 저건 내 연필이잖아!"

한 아이가 신경질적으로 외치더니 페니 옆에 있던 파란색 연필을 냉큼 집어 들었다.

"저건 내 연필인데!"

또 다른 아이가 소리치면서 이번엔 노란 색깔의 연필을 채 갔다.

"아니야! 다 내 연필이야. 내 이름이 붙어 있잖아."

루시는 연필들을 도로 빼앗으려 하면서 버럭 소리쳤다.

"흥, 그래?"

노란 색깔 연필을 든 아이가 연필에 붙은 이름표를 쭉 벗겼다. 그 밑에는 M.W.라는 글자가 써 있었다.

"네가 훔치기 전에는 내 연필이었어. 여기 이거 보이지? 말콤 워커의 머리글자잖아."

말콤 워커가 연필에 써 있는 글자를 가리키며 화를 냈다.

루시가 쏟아진 연필들을 챙기는 사이, 페니와 폴리는 얼른 가까운 필통을 향해 굴러갔다. 그러고는 붙이고 있던 이름표를 떼어 냈다. 페니와 폴리는 필통 뒤에 숨어 루시가 쫓아오는지 살폈다.

한숨 돌린 폴리가 새로운 필통 안으로 들어가며 말했다.

"정말 다행이야. 이제 안전해."

"안전한지 아닌지는 두고 보면 알겠지……."

페니가 폴리를 뒤따르며 중얼거렸다.

11

질겅질겅 쑌

형형색색의 색연필들이 넘쳐 나던 루시의 필통과는 달리, 새로 들어온 필통 안은 어둡고 쓸쓸한 기분이 들었다.

"여긴 어디지?"

폴리가 입을 열었을 때, 페니는 멀리서 뭔가 움직이는 것을 느꼈다.

"무슨 소리 못 들었어?"

페니가 폴리의 팔을 잡으며 말했다.

"갑자기 무슨 소리야?"

폴리가 물었다.

"뭔가 움직인 것 같았어. 저쪽 구석에서."

페니가 떨리는 소리로 말했다.

그때 필통 한쪽 구석에서 허둥지둥 달아나는 소리가 났다.

"봤니, 폴리?"

페니가 물었다.

"아니. 하지만 소리는 들었어. 뭐지?"

폴리가 무엇인지 알아보려고 가까이 다가가며 말했다.

"폴리!"

친구가 어둠 속으로 사라지자 페니가 소리쳤다.

어둠 속에 혼자 남은 페니는 또다시 허둥지둥 달아나는 소리가 들리는 것 같았다. 이번에는 훨씬 가까운 곳에서 들려왔다.

"폴리이이이이이……."

페니가 소리 죽여 폴리를 불렀다.

순간 뭔가가 달려들어 페니를 바닥에 쓰러뜨렸다.

"으아악!"

페니가 비명을 질렀고, 보이지 않는 물체가 페니를 지퍼 반대쪽으로 끌고 갔다.

"조용히 해! 그리고 꼼짝 마."

상대는 겁먹은 페니보다 더 겁먹은 목소리로 말했다.

"안 그랬다간 가만두지 않을 거야."

페니의 귀에 또 다른 목소리가 들려왔다. 순식간에 등골이 오싹해졌다. 누군지 보이지는 않지만 이들의 행동으로 보아 여기가 분명 검은 매직펜의 은신처 같았다.

"누가 날 가만 안 두는데?"

페니는 그게 '검은 매직펜'이라고 생각하면서도 물었다.

"숀."

맨 처음 들렸던 목소리가 말했다.

그 말을 들은 또 다른 목소리는 랄프의 필통에 있는 연필들이 '깎는다.'라는 말을 들었을 때처럼 겁에 질려 떨었다.

"숀이라고?"

페니가 놀라서 소리치는데 마침 낯익은 목소리가 들려왔다.

"페니, 여기 있을 줄 알았어!"

폴리였다.

"폴리! 여기가 어디야?"

"나도 몰라. 다들 너무 겁먹어서 말을 안 해."

폴리가 대답했다.

페니가 주변을 천천히 둘러보는데, 어둠 속에서 몇몇 형체
들이 어렴풋이 드러나기 시작했다. 그들은 필기구처럼 보였
지만, 어딘가 모르게 묘한 구석이 있었다. 연필들의 머리가
하나같이 울퉁불퉁했고, 사인펜들의 뚜껑은 일그러져서 딱
맞지 않았다.

"잇자국 같은데."

페니가 몸을 숙여 몽당연필의 머리를 보면서 말했다. 페니를 필통 구석으로 끌고 온 바로 그 연필로, 겁을 먹고 잔뜩 움츠린 상태였다.

"맞아, 잇자국이야."

몽당연필이 말했다.

페니는 몽당연필의 얼굴을 찬찬히 살펴보았다. 잇자국이 너무 많아 어디서부터가 얼굴인지 짐작할 수가 없었다.

"누가 이런 거야?"

폴리가 물었다.

"우리 주인 '질겅질겅 숀'이지. 숀은 뭔가를 생각할 때마다 우리를 질겅질겅 씹어 대거든. 누구도 피할 수 없지. 저기 가여운 퍼거스를 좀 봐. 전에는 머리에 지우개가 있었는데, 숀이 씹어 대는 바람에 지금은 심만 겨우 남아 있어."

몽당연필이 우울한 표정을 지으며 대답했다.

회색 심의 연필 퍼거스는 멍과 상처투성이인 얼굴을 하고
필통 구석에 누워 있었다.

"참, 내 이름은 '어니'야."

몽당연필이 자기소개를 했다.

"만나서 반가워, 어니. 난…… 페니텐셔리야."

페니가 또다시 가짜 이름을 대며 어니와 악수를 했다.

"그리고 이쪽은…… 폴리스티렌
이고."

페니가 폴리를 소개하자, 폴리
도 어니와 악수를 했다.

"어니, 우린 최근에 여기 새로
온 필기구가 있는지 좀 궁금한데
말이야……."

폴리가 조심스레 말을 꺼냈다.

"글쎄……, 최근에 온 건 너희
둘뿐인데."

어니가 혼란스러운 표정으로
말했다.

"우리 말고 다른 낯선 필기구들이 필통에 온 적이 있냐는 거지."

페니가 다시 묻자 어니는 고개를 내저었다.

"우리는 늘 필통 지퍼 주변을 철저히 감시하고 있어. '질겅질겅 손'이 아무것도 모르는 필기구들을 망치지 못하게 말이야."

멀리서 종소리가 났다.

잇자국투성이 연필들이 신속하게 이리저리 뛰어다녔다.

"세상에, 종소리잖아! 모두 서둘러 구석진 데를 찾아가! 너무 늦기 전에, 어서!"

어니가 소리쳤다.

페니와 폴리는 사방으로 흩어지는 연필들을 바라보다 정신을 차리고 물었다.

"잠깐만! 우린 어디에 숨어야 해?"

손의 연필들은 쥐 죽은 듯 아무 소리도 내지 않았다. 갑자기 필통 안에 적막감이 흘렀다.

"이리 와, 페니. 우리도 숨을 곳을 찾아보는 게 좋겠어. 가능하면 지퍼에서 멀리 떨어진 데로 말이야."

폴리가 말했다.

"지퍼가 어느 쪽에 있는데?"

페니가 겁에 질려 물었다.

그때 갑자기 지퍼 열리는 소리가 나더니, 순식간에 필통 입구가 활짝 열리면서 밝은 빛이 들어왔다.

"지퍼는 이쪽이었네."

페니가 손으로 빛을 가리며 눈을 가늘게 뜬 채 말했다.

곧 이상한 모양의 그림자가 나타났다.

"저게 뭐지?"

폴리가 신기한 듯 물었다.

그림자는 점점 커지더니, 손 모양이 되었다.

"맙소사, 뛰어!"

페니가 외쳤다.

폴리와 페니는 팔짱을 끼고 재빨리 도망쳤고, 가까이 다가온 손은 필기구를 찾으려고 필통 안을 더듬거렸다. 둘은 이 손가락을 피해 왼쪽으로 뛰다가, 다시 저 손가락을 피해 오른쪽으로 내달렸다.

"더 빨리 달려! 이러다 잡히겠어!"

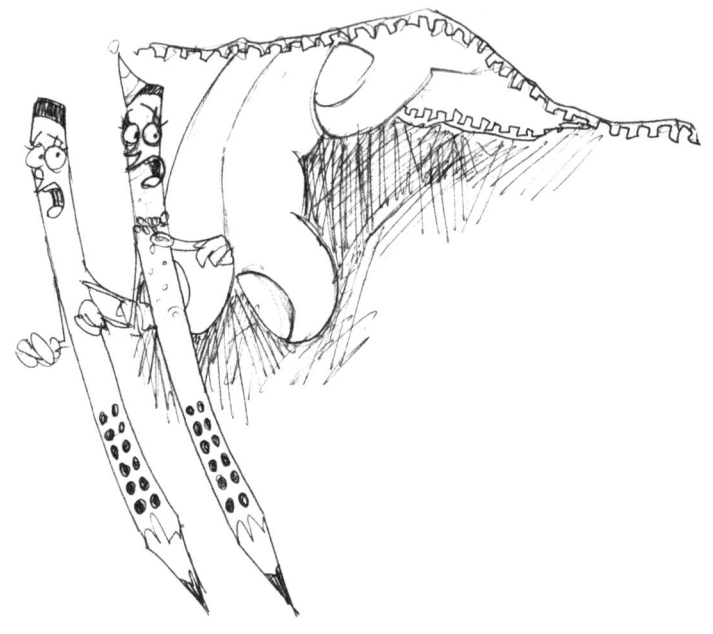

폴리가 말했다.

"지금도 애쓰는 중이야."

페니가 숨을 헐떡이며 대답했다.

"앗!"

페니가 어둠 속 무언가에 발이 걸려 넘어지면서 폴리의 팔
을 놓치고 말았다.

"페니!"

폴리가 소리치며 뒤를 돌아보았다.

"난 괜찮아."

페니가 모자를 고쳐 쓰며 말했다. 그러고는 연필처럼 보이는 무언가를 잡고 일어나면서 폴리에게 인사했다.

"고마워, 폴리."

"페니, 그건 내가 아니야!"

저만치에서 폴리가 소리쳤다.

"뭐라고? 으악!"

페니가 비명을 질렀다.

페니가 잡은 것은 폴리가 아니었고, 그렇다고 다른 연필도 아니었다. 단단하고 반짝이는 게 아니라 말랑말랑한 살갗, 심하게 잇자국이 난 손톱…… 바로 '질겅질겅 손'의 손가락이었다!

"페니!"

폴리가 고함을 지른 순간, 손의 손가락들이 페니를 감아쥐고 필통을 빠져나갔다. 폴리는 지퍼 바로 앞까지 쫓아 나와 필통 밖을 조심스럽게 내다보았다. 손의 연필들도 폴리

곁에 모여서 필통 밖을 지켜보았다.

한편 숀의 손가락에 붙들려 두려움에 떨던 페니는 필통 밖으로 나오자 두려움이 일순간에 사라졌다. 랄프와 마지막으로 필기를 했던 게 벌써 오래전의 일이라, 페니는 다시 발가락을 종이에 대는 게 행복하기만 했다. 공부를 다시 하게 된 데다, 지금은 페니가 가장 좋아하는 수학 시간이었다.

페니는 미끄러지듯 공책 위에 숫자를 써 내려갔다. 숀과 랄프는 필기하는 방식이 달라 좀 어색하긴 했지만, 페니는 정말 즐거웠다. 숫자, 나눗셈 기호, 또다시 숫자를 순서대로 쓴 다음, 등호 표시를 써서 수학 문제를 적었다. 그리고는 계산을 다 마치고 답을 적을 준비를 했다. 하지만 숀은 무슨 일인지 시간을 끌고 있었다.

페니가 숀을 올려다보았다. 숀은 골똘히 생각하느라 눈썹 사이에 주름을 깊게 잡으면서 입을 살짝 벌리

고 있었다.

페니는 답을 쓰려고 공책을 내려다보았다. 하지만 페니의
몸은 공책에서 점점 더 멀어지고 있었다.

페니가 목덜미에 와 닿는 뜨거운 바람을 느끼고 뒤를 돌
아보았을 때, 손의 이가 페니를 향해 점점 다가오고 있었다.

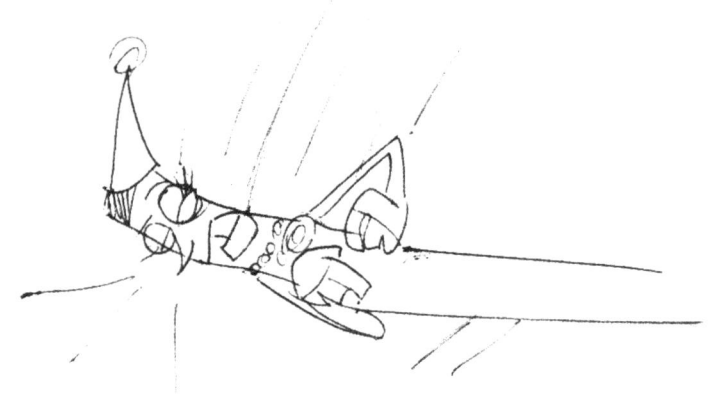

순간 페니는 급하게 몸을 비틀었고, 페니의 머리가 단단하고 날카로운 이를 피해 부드럽고 촉촉한 손의 뺨에 닿았다.

"아야!"

손의 목소리가 어찌나 크던지, 페니는 양손으로 귀를 막아야 했다.

"멍청한 연필 같으니."

손이 페니를 노려보며 투덜댔다.

손의 손이 다시 움직이자 페니는 눈을 꼭 감았다. 하지만 이번엔 페니의 발가락이 종이에 닿았고, 손이 문제의 답을 적기 시작했다.

"후유!"

페니가 한숨을 내쉬었다.

손이 다음 문제를 풀기 시작했다. 이번엔 곱셈과 나눗셈 부호가 모두 있는 문제였다.

페니는 등호를 쓴 다음 잠시 기다려야 했다.

손이 생각에 잠겨 중얼댔다.

"나누기 먼저 한 다음에 곱하기를 했던가? 아니면 그 반대인가?"

손은 연필을 쥐지 않은 손으로 턱을 받치고, 페니를 거꾸로 세워 페니의 머리를 공책에 갖다 댔다.

"손이 지금 뭘 하려는 거야?"

폴리가 어니에게 물었다.

"아, 저건 '질겅질겅 손'의 다른 습관이야. 생각하면서 우리를 씹어 대지 않을 땐, 우리 머리로 책상을 톡톡 두드리곤 하지."

"가여운 페니."

어니의 말에 폴리가 한숨을 쉬었다.

손이 페니의 머리로 책상을 두드리기 시작했다.

"이봐! 머리가 아니라 발로 써야지!"

페니가 소리쳤다.

하지만 '사람' 숀은 '연필' 페니의 말을 들을 수 없을 뿐만 아니라 아무런 눈치도 채지 못했다.

"아야! 아얏! 아야얏!"

머리가 책상에 부딪힐 때마다 페니가 신음했다.

"언제까지 저럴까?"

폴리가 어니에게 물었다.

"답이 생각날 때까지겠지. 그런데 숀은 계산을 잘 못해……."

어니가 대답했다.

마침내 숀이 답을 적었다. 페니는 너무 어지럽고 머리가 아파서 답이 맞았는지 틀렸는지 알 수 없었다. 그리고 자기가 무엇을 쓰고 있는지도 모른 채, 숀의 손을 따라 공책 위에서 이리저리 미끄러지고 있었다. 페니는 다시 목덜미에 닿는 뜨거운 입김을 느끼고 숀이 또 자기 머리를 깨물려고 한다는 것을 알아차렸지만, 어느 쪽으로 피해야 할지 종잡을 수가 없었다. 또 너무 지쳐 버려서 이젠 눈을 감고, 숀의 이가 자기 머리를 '우지직' 깨물기만 기다릴 수밖에 없었다.

그런데 갑자기 머리끝이 서늘해지는 느낌이 들더니, 어느

새 페니는 숀의 손에서 벗어나 책상 위로 떨어지고 있었다. 곧이어 숨을 헐떡이는 소리가 요란하게 났다.

"무슨 일이야?"

계속 필통 밖을 지켜보고 있던 폴리가 물었다.

숀은 책상 위로 몸을 숙인 채 사방에 침을 튀기고 있었다.

"네 친구가 모자를 쓰고 있지 않았니?"

어니가 폴리에게 물었다.

"그랬지."

폴리는 눈을 가늘게 뜨고 찬찬히 페니를 살펴보았다. 파티용 모자가 보이지 않았다.

"그렇다면 숀이 그걸 삼켰나 본데."

어니가 말했다.

숀의 눈에 눈물이 고이고 얼굴이 새빨개졌다.

"선생님, 숀이 이상해요."

숀의 옆자리에 앉은 여자애가 말했다.

스워드 선생님이 재빨리 숀에게 다가와서 숀의 등을 세게 쳤다. 그러자 페니의 모자가 숀의 입에서 튀어나와 공책 위로 떨어졌고, 종이에는 크고 축축한 얼룩이 생겼다.

스워드 선생님이 말했다.

"여러분, 이런 이유 때문에 연필을 깨물거나 씹지 말라는 거예요. 물론 입으로 연필을 빨아서도 안 되고. 잘못 삼키면 큰일 나니까요."

아이들이 겁을 먹고 웅성댔다.

"숀을 데리고 보건실에 다녀올 테니까, 선생님이 올 때까지 사라 네가 교실을 좀 맡고 있도록 해라."

스워드 선생님은 숀을 의자에서 일으켜 부축하고는 천천히 교실을 빠져나갔다. 그러자 아이들이 너도나도 일어나 문으로 뛰어가더니 스워드 선생님과 숀의 뒷모습을 지켜보았다. 사라는 아이들을 말릴 엄두도 내지 못했다.

12

 마법붕대

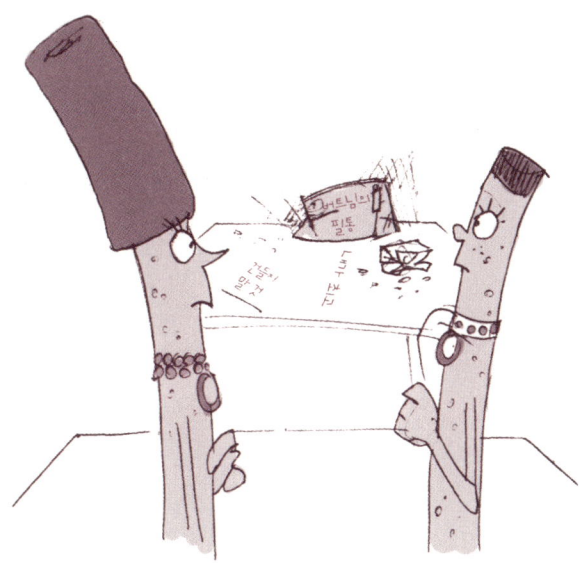

아이들이 문간에 모여 있는 사이, 폴리는 숀의 필통에서
빠져나와 페니를 살피러 갔다.

"페니, 너 괜찮아?"

폴리가 물었다.

"모르겠어……. 머리가 마치 트럭에 치인 기분이야. 숀이란
애는 정말 못됐어! 앞으로 연필들 근처엔 얼씬도 못 하게 해
야 해."

페니가 신음하며 말했다.

"가엾기도 하지……. 근데 다른 필통에 또 가 볼 작정이
니?"

폴리가 페니를 위로하며 물었다.

"잘 모르겠어. 하지만 달리 방법이 없잖아. 우리가 먼저 검

은 매직펜을 찾아야 하니까 말이야. 그 녀석이 우릴 먼저 찾아낸다면, 지금 이 정도 고생으로 끝나진 않을 거야."

페니가 일어서려다가 기운이 없어 다시 주저앉으며 말했다.

"여기서 잠깐만 기다려. 내가 손의 필통에서 쓸 만한 걸 봤거든."

폴리가 말했다.

페니는 폴리가 다시 올 때까지 그 자리에 가만히 누워 있었다. 잠시 후, 폴리는 가운데 구멍이 난 삼각형 베개 같은 것을 가져왔다.

"그게 뭐야?"

폴리의 부축을 받으며 페니가 물었다.

"연필 손잡이야. 미끄러운 펜이나 연필을 잘 잡기 위해 쓰는 물건이지. 하지만 사라의 필통에서는 이걸 붕대로 써."

폴리가 대답했다.

"아, 연필 손잡이……."

페니가 고개를 끄덕이자 폴리는 연필 손잡이를 페니의 머리에 조심스럽게 씌워 주었다.

"됐어. 자, 기분이 어때?"

"음, 이제 트럭은 아니고 자전거에 치인 정도의 통증만 남았어."

페니가 머리에 쓰인 폭신폭신한 붕대를 만지며 대답했다.

페니는 아무리 힘껏 눌러도 다시 원래 모양으로 돌아오는 연필 손잡이 붕대가 마음에 들었다.

"버트의 필통은 어느 쪽이야?"

페니가 교실을 둘러보며 물었다. 루시에게 붙잡혀 비좁은 필통에 던져진 후로, 페니는 방향 감각을 완전히 잃고 말았다.

그때 건너편 줄의 낙서투성이 책상이 페니의 눈에 들어왔다. 책상에는 구겨진 종잇조각, 지우개 똥, 씹다 만 풍선껌 들이 어지럽게 흩어져 있었다. 게다가 책상 끝에 놓인 때 묻은 필통에는 책상보다 낙서가 더 많았다. 필통을 보기만 했는데도 페니는 몸이 파르르 떨렸다. 버트의 필통이 틀림없었다.

"폴리, 저거 보이니?"

페니가 폴리에게 물었다.

"응, 틀림없이 버트의 필통일 거야. 그런데 저기까지 어떻게 가지?"

폴리가 걱정스럽게 말했다.

페니는 머리에 쓴 연필 손잡이를 꾸욱 누르면서 생각에

잠겼다. 연필 손잡이는 꾹꾹 눌러도 가만있으면 천천히 원래 모양으로 돌아왔다. 그걸 보고 페니는 퍼뜩 건너편으로 갈 수 있는 멋진 방법이 떠올랐다.

"좋은 생각이 있어. 우선 종이 울릴 때까지 숨어 있자. 설명은 그다음에 차근차근 해 줄게."

*

점심시간 종이 울리고 아이들이 교실을 빠져나가 들킬 위험이 사라지자마자 페니와 폴리는 숨어 있던 곳에서 나왔다.

"도대체 그 대단한 계획이 뭐야?"

폴리가 물었다.

"이걸 이용하는 거야."

페니는 머리에 썼던 연필 손잡이를 벗어 바닥에 내려놓으며 말했다.

"어떻게?"

"이렇게."

페니가 발가락으로 콕 찍듯이 연필 손잡이 위에 올라타더니 폴짝폴짝 점점 더 높이 뛰어올랐다. 그러고는 폴리의 머리 위를 훌훌 뛰어넘었다.

"와! 페니, 대단하다! 넌 정말 천재야!"

폴리가 감탄했다.

"헤헤, 뭘……. 앞으로는 책상에 머리를 더 자주 찧어야 할까 봐. 자, 이제 한 번 뛰어 보자."

페니가 연필 손잡이를 책상 끝으로 끌고 가며 말했다.

페니와 폴리는 몇 걸음 뒤로 물러서서 서로의 손을 꼭 잡았다.

"준비 됐어?"

"준비 완료!"

둘은 연필 손잡이를 향해 달리기 시작했다.

"지금이야, 뛰어!"

페니가 외쳤다.

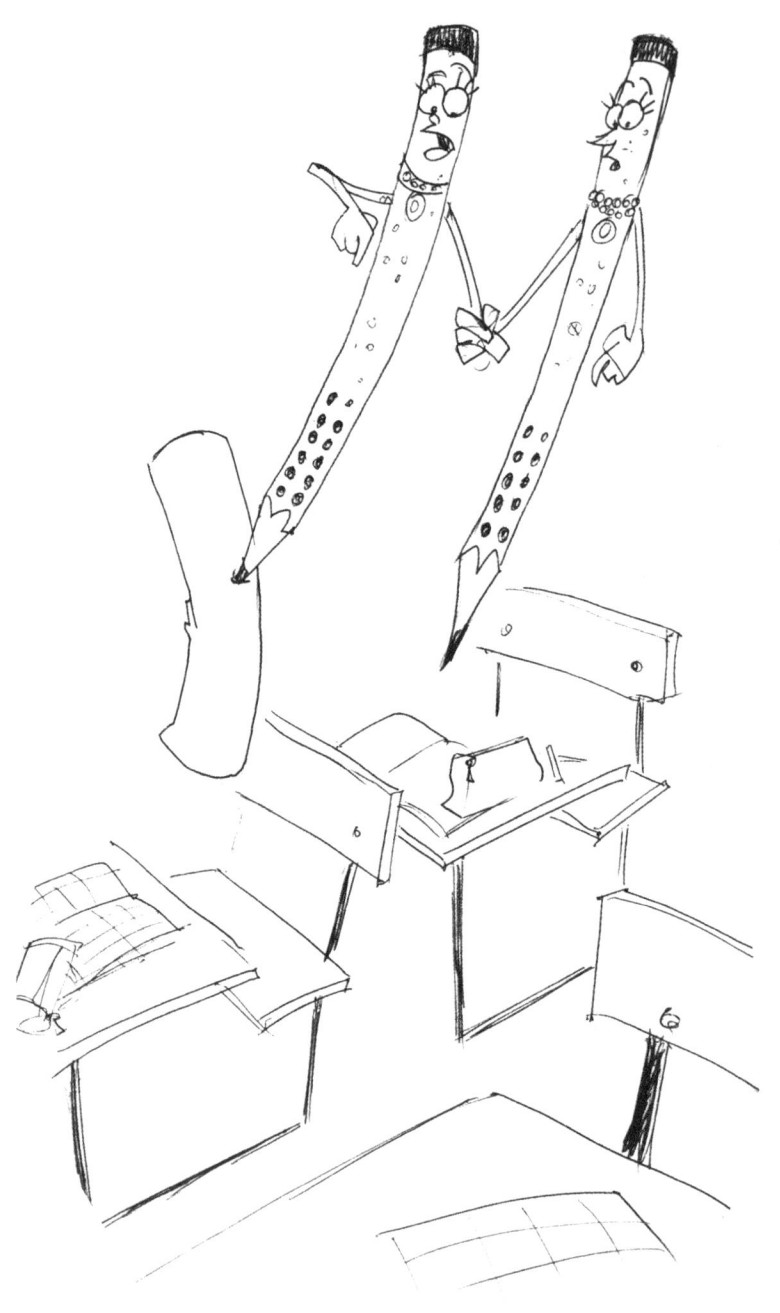

페니와 폴리는 높이 뛰어올라 연필 손잡이에 세게 발을
굴렀다. 그러자 폭신한 연필 손잡이 표면이 푹 꺼졌다가 튀
어나오면서 페니와 폴리를 공중으로 띄워 올렸다.

"와아! 우리가 날고 있어!"

페니와 폴리는 줄지어 선 책상 사이를 날아갔다.

"잠깐, 뭔가 이상해."

폴리가 찜찜한 표정을 지었다.

"네 발에 뭐가 끼어 있어."

페니가 폴리의 발밑을 보며 말했다.

"연필 손잡이야. 도통 빠지질 않네."

폴리는 발을 툭툭 털어 연필 손잡이를 떨어뜨리려고 했다.

"폴리, 그러지 마! 나중에 필요할지도 몰라. 앗, 여기가 버
트의 책상이야……"

페니는 발가락으로 사뿐히 책상에 내려앉았지만, 연필 손
잡이에 발이 낀 폴리는 다시 공중으로 튀어 올라갔다.

"폴리, 이번에는 연필 손잡이가 책상에 닿게 하지 마."

페니가 소리쳤다.

폴리는 다시 책상으로 내려오는 순간, 연필 손잡이가 책

상에 먼저 닿지 않도록 공중제비를 돌았다. '쾅' 소리와 함께
폴리의 머리가 책상에 부딪쳤다.

"아야!"

폴리가 비명을 질렀다.

"괜찮니?"

페니가 걱정스레 물었다.

"더는 못 참겠어. 머리가 너무 아파."

폴리가 앓는 소리를 냈다.

"자, 이걸 써 봐."

페니는 폴리의 발에서 연필 손잡이를 빼내 머리에 씌워 주었다.

"금방 괜찮아질 거야. 한번 일어나 볼래?"

폴리가 고개를 끄덕이고는 페니의 부축을 받아 일어섰다.

"이제 한 발짝씩 걸어 보자."

페니가 용기를 북돋우자 폴리는 발을 내디디려다가 그만 온몸의 균형을 잃고, '쿵' 소리를 내며 책상에 쓰러지고 말았다.

"페니, 미안하지만 이번에 난 빠져야 할 것 같아."

폴리가 페니에게 말했다.

"정말?"

페니는 검은 매직펜과 못된 지우개를 혼자 상대해야 한다는 생각에 불안해졌다.

"어서 가, 페니. 나랑 가면 늦어지기만 할 거야. 검은 매직펜이 이번엔 또 무슨 짓을 저지를지 몰라."

폴리가 말했다.

"알았어. 하지만 좀 더 책상 안쪽으로 들어가 있도록 해. 어지러워서 떨어지면 안 되니까 말이야. 아무리 연필 손잡이를 쓰고 있다 해도 그대로 떨어지면 곤란해."

페니는 불안하면서도 폴리를 걱정해 주었다.

폴리는 몸을 굴려 책상 가운데 쪽으로 가다가 책상 위에 흩어져 있던 지우개 똥을 걷어찼다. 하지만 폴리는 물론 페니도 그 사실을 알아채지 못했다.

"최대한 빨리 돌아올게, 폴리."

페니는 폴리에게 약속하고, 심술쟁이 버트의 필통을 향해 뛰어갔다.

13

매직펜 소굴

버트의 필통에 가까워질수록 페니는 점점 초조해졌다. 그리고 바닥에는 지우개 똥이 여기저기 흩어져 있어서 밟지 않으려고 무척 조심해야 했다.

드디어 버트의 필통에 도착한 페니는 자기 몸이 겨우 들어갈 수 있을 만큼 필통 지퍼를 열었다. 열린 지퍼 사이로 보이는 버트의 필통 안은 마치 전쟁터 같았다. 연필을 깎으면 나오는 톱밥, 질겅질겅 씹힌 펜 뚜껑, 부러진 연필심 들이 사방에 지저분하게 흩어져 있었다. 그때 갑자기 발자국 소리가 들려왔다. 미처 지퍼를 닫을 새도 없이 페니는 지저분한 것들 뒤로 몸을 숨겼다. 보라 매직펜과 노란 매직펜이 다가오고 있었다. 보라 매직펜은 뭔가를 매단 줄을 끌고 있었다. 페니는 고개를 살짝 내밀어 줄에 매인 것이 뭔지 유심히 보았다. 그것은 바로 랄프의 필통에 있던…… 못된 지우개였다!

"누가 우리 안전망을 건드렸어. 모든 대원들을 집합시켜. 나는 밖을 정찰하고 올 테니까."

보라 매직펜이 말했다.

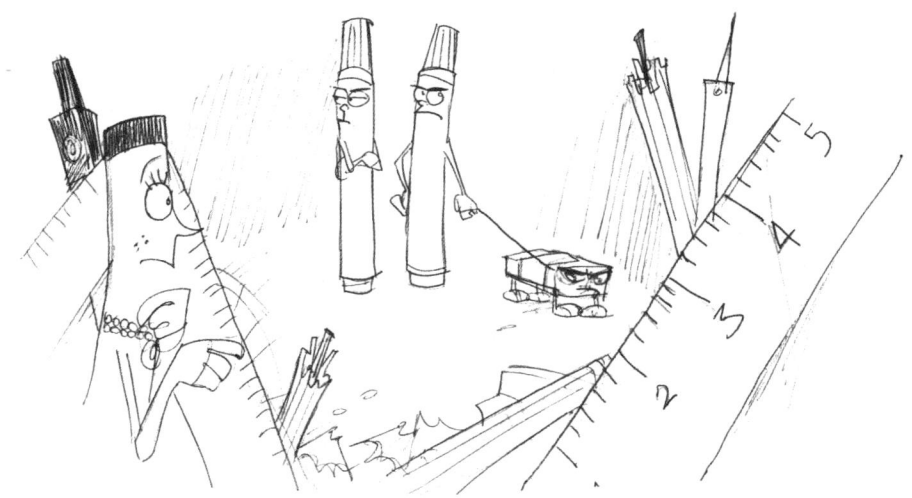

노란 매직펜은 고개를 끄덕이더니 반대쪽으로 걸어갔다.

보라 매직펜이 필통 밖으로 나가려는 순간, 못된 지우개가 코를 땅에 대고 냄새를 맡기 시작했다. 못된 지우개는 코를 세 번쯤 킁킁거리더니, 페니가 숨은 곳을 향해 천천히 다가왔다.

"이런, 안 돼. 내 냄새를 맡았나 봐."

페니가 자기도 모르게 소리를 냈다.

순간 못된 지우개가 귀를 쫑긋 세웠다.

"어쩜 좋아! 저 녀석은 소리도 잘 듣네."

당황한 페니는 더 크게 소리를 내고 말았다.

못된 지우개는 페니가 숨은 곳을 향해 으르렁대기 시작했다.

"자, 진정해. 우린 정찰을 나가야 해."

보라 매직펜이 목줄을 당기며 말했다.

페니는 지퍼가 닫힐 때까지 숨은 채로 이제 무엇을 어떻게 해야 할지 궁리했다. 못된 지우개가 여기 있다는 건 여기가 곧 검은 매직펜의 은신처라는 뜻이었다. 더구나 폴리가 필통 밖에 다친 채로 누워 있는데, 못된 지우개와 보라 매직펜이 밖으로 나갔으니 곧 무슨 일이 벌어질 것만 같았다.

"좋아, 내가 가서 폴리가 사라의 필통으로 돌아가도록 도와야겠어. 그런 다음, 수정액이랑 맥에게 검은 매직펜을 잡을 수 있게 도와 달래야지."

페니가 혼잣말을 하며 다짐했다.

페니가 숨어 있던 곳에서 밖으로 발을 살짝 내민 순간, 뒤에서 요란한 발소리가 들렸다. 페니는 얼른 다시 몸을 숨겼다. 곧이어 지퍼를 향해 행군하는 거대한 매직펜 부대가 보였고, 맨 앞에 페니가 찾던 '그' 검은 매직펜이 있었다!

"어째서 더 빨리 나한테 보고하지 않았나?"

검은 매직펜이 노란 매직펜에게 고함을 질렀다.

"저는 최대한 빨리 왔습니다만……. 사령관님, 보라 매직펜과 지우개가 지금 밖을 정찰하는 중입니다. 그들이 침입자를 찾아서……."

노란 매직펜이 쩔쩔맸다.

드르륵. 갑자기 지퍼 열리는 소리가 나는 바람에 노란 매직펜의 말이 중간에 뚝 끊겼다. 그리고 필기구 셋이 지퍼를 넘어서 들어왔다. 보라 매직펜과 못된 지우개, 그리고 몹시 겁먹은 표정의 폴리였다.

"어쩜 좋아……."

페니가 나직하게 탄식했다.

"이런, 이런. 기특하기도 하지. 대체 누구를 잡아 온 거야?"

검은 매직펜이 폴리에게 성큼성큼 다가오며 말했다. 그리고 못된 지우개에게 간식거리를 던져 주었다.

보라 매직펜은 차렷 자세를 하고, 숨을 한 번 크게 들이쉰 다음 큰 소리로 보고했다.

"13시경 우리 안전망에 외부의 침입이 감지되었습니다. 안

전 책임자인 저는 노란 매직펜을 보내 사령관님께 보고드리
게 하고, 나머지 대원들을 소집시켰습니다. 그런 다음 지우
개에게 침입자의 냄새를 맡게 해서, 결국 이렇게 침입자를
찾아냈습니다!"

"잘했다, 상사."

검은 매직펜이 폴리 주위를 빙 돌면서 말했다.

"어딘가 낯이 익는데……. 지우개, 저 연필 손잡이를 벗겨라!"

검은 매직펜이 폴리에게 더 바싹 다가서며 명령했다.

못된 지우개가 냉큼 폴리의 머리 위로 뛰어올라, 입으로 연필 손잡이를 꽉 물었다. 그러고는 연필 손잡이가 벗겨질 때까지 물고 늘어졌다. 결국 겁에 질린 폴리의 얼굴이 드러났다.

검은 매직펜이 폴리에게 몸을 기울이며 말했다.

"내가 예상한 대로군. 다시 만날 줄 알았다, 페니."

페니는 숨은 채로, 폴리가 놀란 눈을 치켜뜨는 걸 보았다. 하지만 곧 폴리의 얼굴에 미소가 번졌다.

"그래, 나야. 이렇게 만나니 반가운걸."

폴리가 비꼬듯 말했다.

"약삭빠른 수정액이 안 보여서 실망스러운데. 같이 온 건 아닌가 보지?"

검은 매직펜이 말했다.

"같이 왔겠어? 수정액은 절대 이 문제를 해결할 수 없어. 지난번 일을 봐도 알 수 있고 말이야."

폴리가 대담하게 대꾸했다.

"그럼 넌 해결할 힘이 있다는 거야?"

검은 매직펜이 비웃었다.

"내가 마음만 먹으면 당장이라도 널 혼내 줄 수 있어."

"오, 그러셔?"

폴리의 말에 검은 매직펜이 비아냥거렸다.

"물론이지!"

폴리가 당차게 말했다.

"그럼 어디 한번 해보시지?"

검은 매직펜이 얼굴을 바싹 들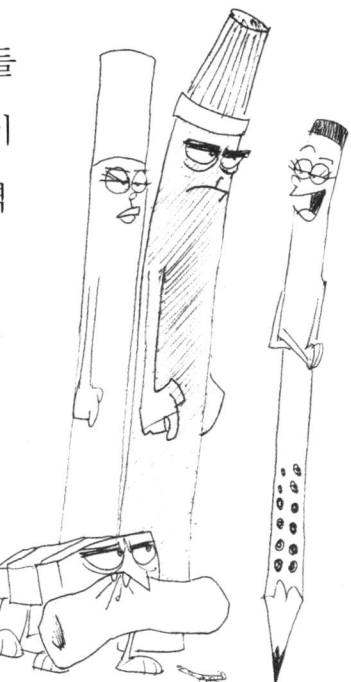
이대며 말했다. 어찌나 바싹 들이
댔는지, 폴리는 검은 매직펜의 역
겨운 입 냄새를 맡아야 했다.

"네 졸병들 앞에서 체면을 구
기게 하고 싶진 않은데……."

폴리가 말했다. 하지만 너무
작게 말해서 페니는 제대
로 알아들을 수가 없었다.

검은 매직펜이 눈을 가

느다랗게 뜨며 폴리의 다음 말을 기다렸다.

"자, 내가 인심을 썼으니, 너도 나한테 인심을 좀 쓰지 그래? 네가 요즘 꾸미고 있는 악랄한 계획이 도대체 뭐야?"

"흥, 기꺼이 말해 주지. 어차피 넌 끝장날 테니까. 오늘 밤, 버트는 학교 최고의 수재가 될 거야."

검은 매직펜이 기분 나쁜 웃음을 흘리며 말했다.

"버트가?"

페니는 자기도 모르게 말을 내뱉었다.

그 소리를 들은 못된 지우개가 페니가 숨어 있는 곳을 향해 사납게 짖기 시작했다. 검은 매직펜은 갑자기 짖어 대는 지우개가 성가셨는지 먹이를 던져 주었다.

"아, 그래? 남는 시간에 버트한테 과외라도 시켰나 보지, 검은 매직펜?"

폴리는 페니가 숨은 곳을 힐끗거리며 말했다.

"그 정도론 부족하지. 버트의 성적을 좋게 만드는 게 아니라, 다른 애들의 성적을 나쁘게 만드는 거야. 내가 랄프의 사회 공책에 낙서를 했어. 색칠 대회에 낼 사라의 그림도 못 쓰게 만들었고. 또 지우개는 내 지시에 따라 랄프의 시험지 답을 지웠지."

검은 매직펜이 꺼드럭거리며 말했다.

숨어 있던 페니는 이 말을 듣고 주먹을 불끈 쥐었다.

"야아, 검은 매직펜! 보기보다 똑똑한걸. 그 넘치는 능력
을 나쁜 일 대신 좋은 일에 써 보지 그래?"

폴리가 비아냥거리는 투로 말했다.

그러자 검은 매직펜이 비열한 웃음을 터뜨렸다.

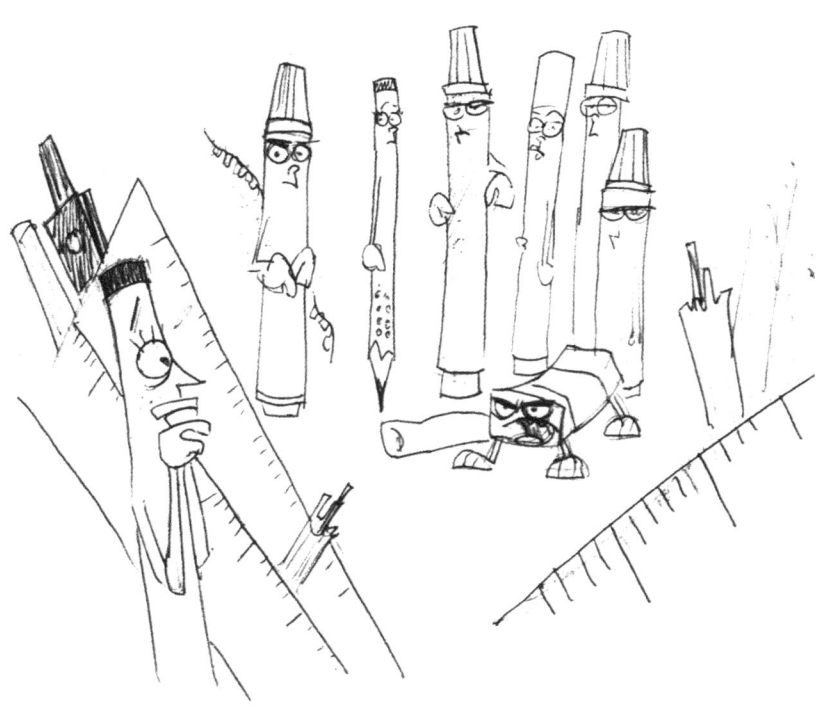

"하, 하, 하. 그러면 재미가 없잖아. 좋은 성적이야 누구든 공부를 열심히 하면 얻을 수 있는 거니까."

페니는 자기도 모르게 고개를 끄덕이다 흠칫 놀랐다.

"내가 보기엔 네가 하려는 짓이 훨씬 재미없어 보여."

폴리가 정색을 했다.

"상관없어. 그 일은 내가 할 게 아니니까."

검은 매직펜이 이기죽댔다.

"뭐?"

"설마 내 부하가 여기 있는 컬러 매직펜들뿐이라고 생각하 진 않겠지?"

검은 매직펜이 물었다.

"그……, 그래. 물론 아니겠지."

폴리가 대답했다.

"얼마 전 스워드 선생이 검은 매직펜을 모두 압수해 간 일 을 기억해 봐. 물론 나를 빼고 말이야. 오늘 저녁, 내 밑에 있는 검은 부대가 출동해서 스워드 선생 책상에 있는 시험 지의 점수를 모두 바꿀 거야. 사라와 랄프를 포함한 반 전 체가 '좀 더 열심히!'를 받는 거지. 버트만 빼고 전부. 큭큭."

"이런 못된 녀석⋯⋯."

페니는 분을 참지 못하고 큰 소리로 말했다.

못된 지우개가 컹컹 짖어 대며 페니가 숨은 쓰레기 더미로 가려 했다.

검은 매직펜이 쓰레기 더미 쪽을 쳐다보더니, 눈을 가늘게 뜨고 폴리에게 얼굴을 바싹 들이대며 물었다.

"어떻게 한 거지?"

"어떻게 하다니, 뭘?"

폴리가 물었다.

"입술을 움직이지도 않고, 저쪽에서 나는 소리처럼 말하는 것 말이야."

검은 매직펜이 고갯짓으로 페니가 숨어 있는 쓰레기 더미를 가리키며 말했다.

초조해진 폴리는 쓰레기 더미 쪽을 힐끗댔다.

"그렇게 알고 싶으면 똑똑한 네가 직접 알아내 보셔!"

검은 매직펜은 잠시 더 폴리를 노려보더니, 곧 똑바로 고쳐 서서는 부하들에게 명령했다.

"데려가라."

검은 매직펜의 말이 끝나기 무섭게 보라 매직펜이 폴리의 양 어깨를 세게 잡았다. 매직펜 부대는 폴리를 끌고 페니가 숨어 있는 쓰레기 더미 바로 앞을 지나갔다.

매직펜들을 뒤쫓아 가던 못된 지우개가 페니의 냄새를 맡고 으르렁댔다. 페니는 눈을 꼭 감고 죽은 듯 가만히 있었다. 초조한 순간이 지나고, 별다른 냄새를 맡지 못한 못된 지우개는 곧 킁킁대는 것을 포기하고 매직펜들을 쫓아갔다. 매직펜들과 못된 지우개는 필통의 더 깊숙한 곳으로 사라졌다.

사방이 조용해지자 페니는 숨은 곳에서 나와, 매직펜들이 버리고 간 연필 손잡이를 주워 들었다. 그러고는 연필 손잡이를 이용해 껑충 뛰어서 재빨리 랄프의 필통으로 돌아갔다.

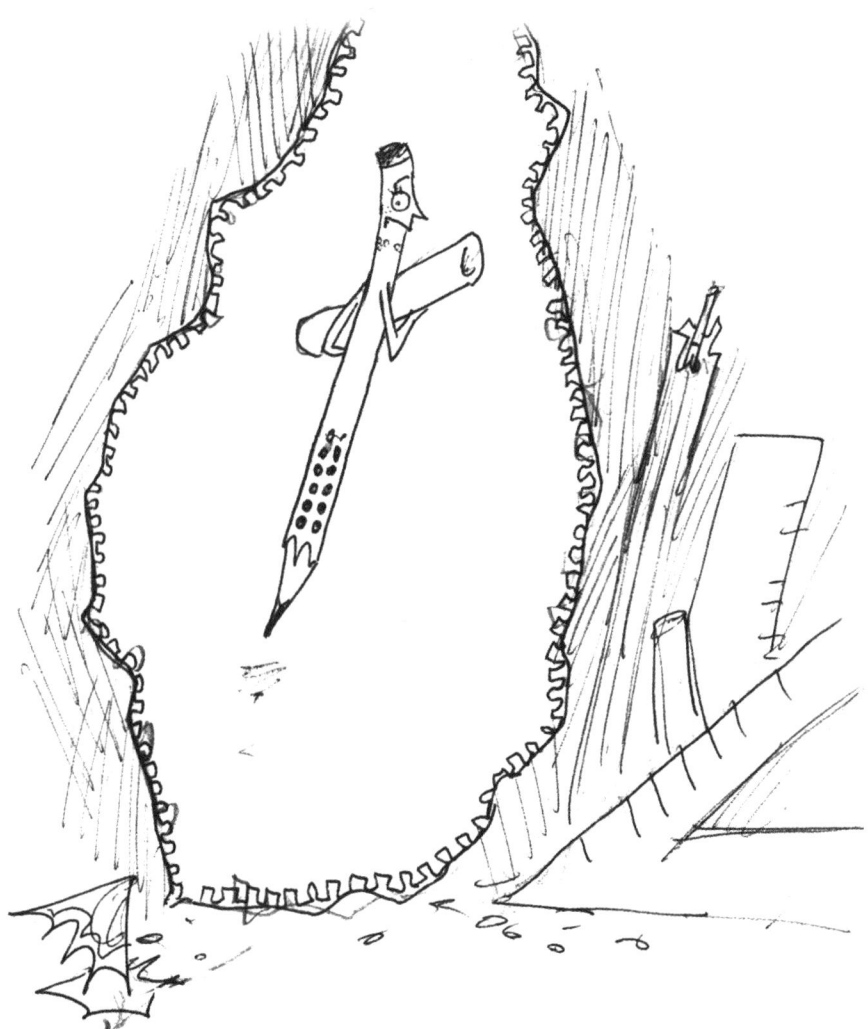

14 구 조 작 전

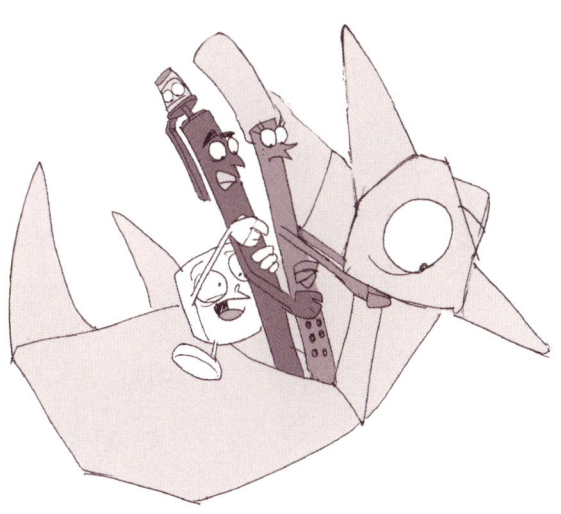

페니는 버트의 필통 속에서 겪은 일을 친구들에게 모두
말했다.

"비밀 작전을 잘 해냈구나, 페니.
네 덕분에 우리가 해야 할 일이
많이 줄어든 것 같다. 연필과 종
이를 최대한 많이 모아야겠어. 페
니와 맥은 우리랑 함께할
연필들을 찾아봐. 얼룩
이야, 넌 나랑 같이 가
자. 할 일이 있어."
　　수정액이 차근차근
말했다.

페니와 맥은 랄프의 필통 안을 뛰어다니면서 색연필들에게 도와 달라고 부탁했다.

"그래서 뭐?"

주황 색연필이 말했다.

"사라의 연필을 누가 신경이나 쓴대?"

초록 색연필이 쏘아붙였다.

"나야 색칠밖에 못하는 멍청한 막대기인걸."

빨간 색연필이 비꼬았다.

"소용없어. 내 특기인 눈가에 주름 잡히는 미소를 쏘아 대도 통하지가 않아."

기운 빠진 맥이 말했다.

"우리를 도와주겠다는 연필이 하나도 없어?"

페니가 되묻자 맥이 고개를 저었다.

"후유, 나도 마찬가지야. 하지만 우리를 도와줄 연필들이 있는 곳이 생각났어. 빨리 가 보자!"

페니가 맥을 데리고 랄프의 필통 밖으로 나왔다. 둘은 사

라의 책상으로 건너가는 길에 종이 익룡을 열심히 접고 있는 수정액과 얼룩이를 만났다.

"얘들 둘이 지금 뭐 하는 거야?"

맥이 멈춰 서서 페니에게 물었다.

"종이접기."

앞서 가던 페니가 어깨 너머로 돌아보며 대답했다.

페니와 맥은 사라의 필통 앞에 도착해서 지퍼를 두드렸다.

보라 색연필이 지퍼를 열며 말했다.

"폴리! 도대체 왜 이리 늦었어? 또 지퍼는 뭐 하러 두드리고?"

"첫째, 난 폴리가 아니라 페니야. 둘째, 폴리가 지금 큰 위험에 빠졌어. 폴리를 구하려면 가능한 많은 색연필들의 도움이 필요해."

페니가 다급하게 설명했다.

"알았어!"

보라 색연필이 사라의 색연필들에게 폴리의 사정을 말했고, 사라의 색연필들은 모두 돕겠다고 나섰다.

"돕겠다는 색연필이 몇이나 되지?"

페니는 사라의 색연필들이 재빠르게 움직이는 모습을 보고 감탄하며 물었다.

사라의 색연필들은 어느새 네 줄로 정렬해 있었다.

"스물넷."

보라 색연필이 대답했다.

"겨우 스물넷이 야? 그걸로는 부족 해. 반 아이들이 서른 명이니까 검 은 매직펜도 서른

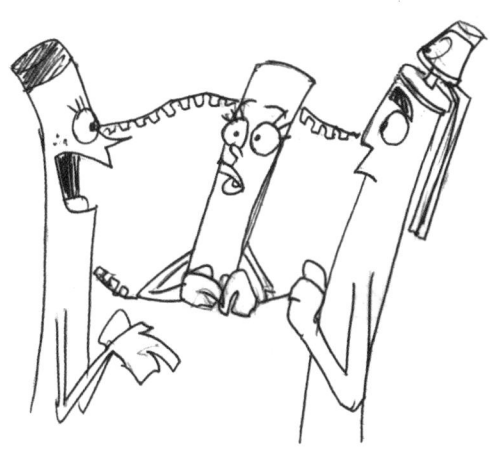

개는 될 거라고!"

맥이 걱정스레 말했다.

"어쩔 수 없지. 이 정도로 해보는 수밖에. 얘들아, 우리를 따라와."

페니가 색연필들을 향해 말했다.

페니와 맥은 사라의 색연필들과 함께 수정액과 얼룩이가 바쁘게 종이 익룡을 접는 곳으로 갔다.

"몇 마리나 접었어?"

페니가 물었다.

"스물다섯 마리."

얼룩 지우개가 숨을 몰아쉬며 대답했다.

"꼭 맞네."

페니가 말했다.

"뭐? 색연필이 겨우 스물넷뿐이야? 싸워야 할 검은 매직펜은 적어도 서른은 될 거야."

수정액이 말했다.

"사라의 색연필은 그게 전부야."

페니가 곤란한 얼굴로 스워드 선생님의 책상을 힐끗 보며 말했다.

검은 매직펜들은 이미 선반에 놓인 상자에서 나와 시험지 더미로 향하고 있었다.

"시간이 없어!"

페니가 다급히 말했다.

"알았어. 색연필들아, 종이 익룡을 하나씩 가지고 날 따라 와 줄래?"

수정액이 종이 익룡을 집어 들며 말했다.

수정액은 종이 익룡을 밀면서 책상 끝까지 달려가더니 힘 껏 뛰어올랐다. 종이 익룡에 사뿐히 올라탄 수정액이 공중 을 날면서 빙글빙글 돌았다.

"나처럼 책상 끝까지 달리다가 점프해서 종이 익룡에 올라 타면 돼!"

수정액이 외쳤다.

사라의 색연필들은 조금도 주저하지 않고, 모두 종이 익 룡을 들고서 책상 끝으로 달려갔다. 머리가 쭈뼛해지는 순 간이 몇 번 있었지만, 색연필들 모두 안전하게 익룡에 올라 탔다.

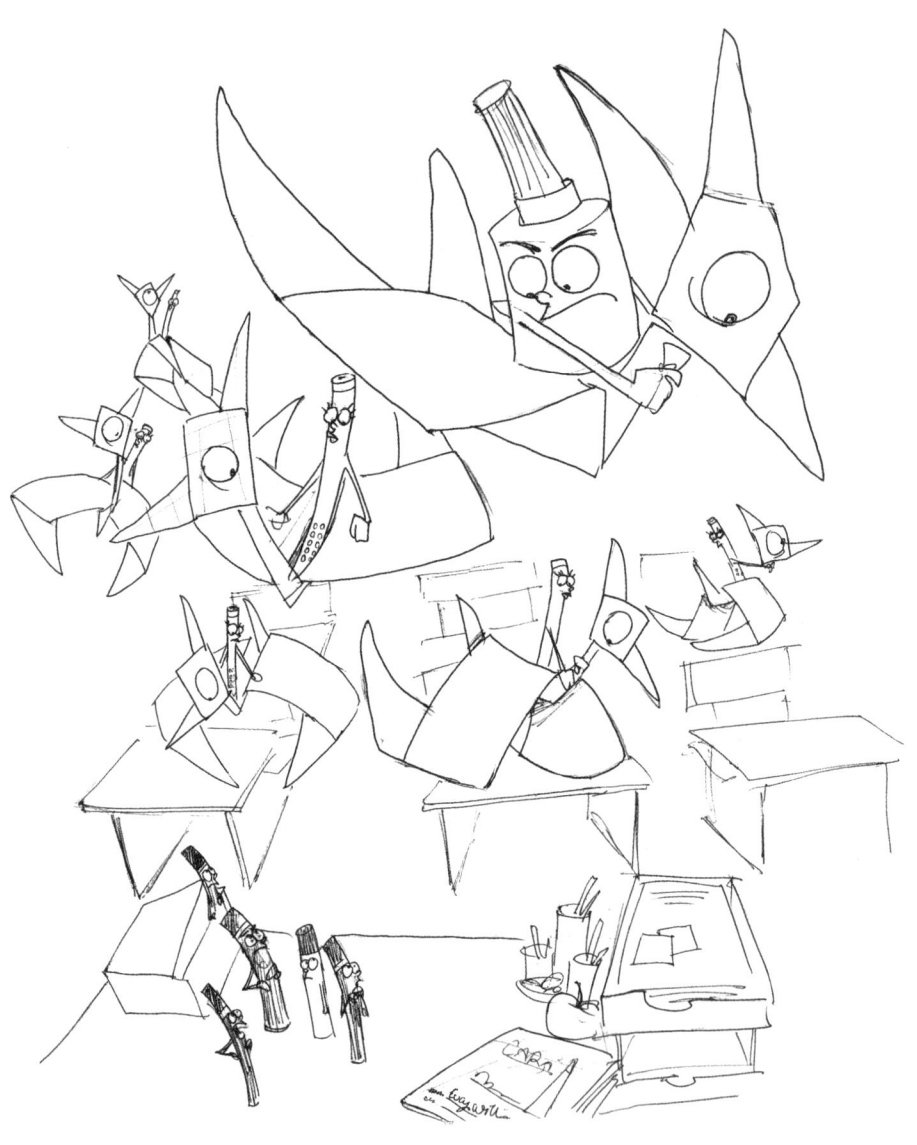

"가자!"

수정액이 앞장서서 검은 매직펜 부대가 있는 스워드 선생님의 책상으로 향했다.

"색연필들이 잘 해낼까?"

맥은 걱정이 앞서는 모양이었다.

"걱정하지 마. 수정액이 잘 이끌 테니까."

페니가 종이 익룡을 접으면서 말했다.

"그건 뭐 하려고?"

맥이 물었다.

"이거? 우리가 탈 익룡이야. 맥, 내 허리를 잡아. 얼룩 지우개 넌 맥을 붙들고."

페니가 말했다.

연필 손잡이를 머리에 쓴 페니는 익룡을 밀면서 책상 끝을 향해 달렸다.

맥과 얼룩이도 서로를 꼭 붙들고 페니를 뒤따랐고, 셋은 눈 깜짝할 사이에 공중으로 떠올랐다.

"지금이야. 익룡 등에 올라타!"

페니가 확신에 찬 목소리로 외쳤다.

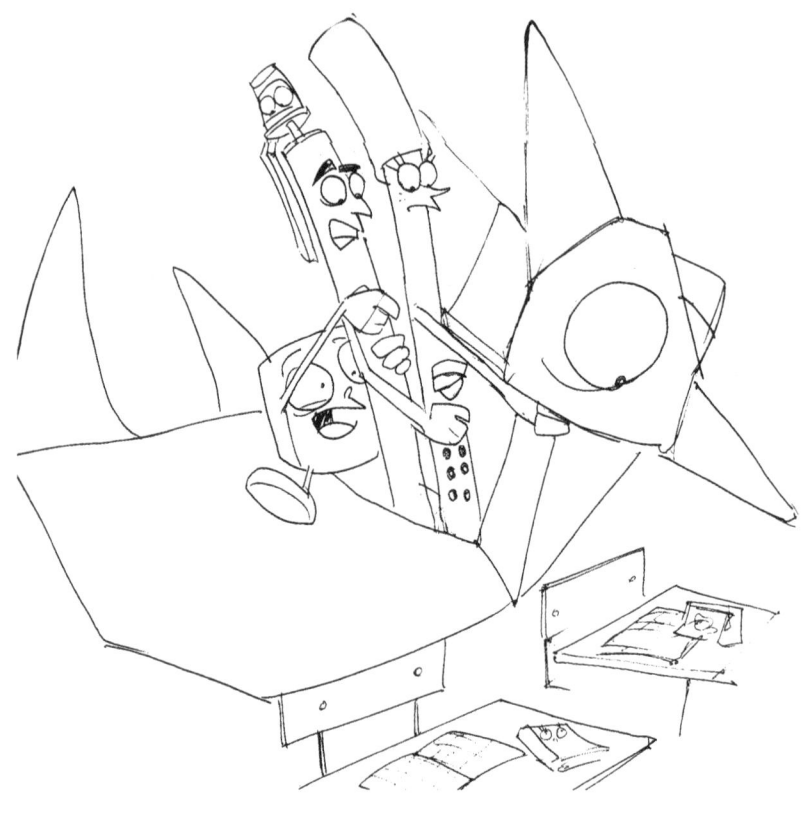

페니는 맥과 얼룩이가 제대로 올라탔는지 확인한 후, 익룡을 버트의 책상 쪽으로 조심스럽게 조종했다. 페니는 익룡이 날개를 퍼덕이다가 검은 매직펜이 뿌려 둔 지우개 똥을 건드릴까 봐 걱정스러웠다. 지우개 똥이 비밀 경보 장치였기 때문이다.

"최대한 버트의 필통과 가까운 곳에 내릴 거야. 사방에 비밀 경보 장치가 있으니까 밟지 않게 조심해야 해. 경보가 울리면 안 되니까 말이야."

페니가 주의를 주었다.

맥과 얼룩이는 익룡에서 뛰어내려 지우개 똥 경보 장치를 피해 조심조심 걸어갔다.

"태워 줘서 고마워."

페니가 익룡의 머리를 토닥여 주고는 버트의 책상 위로 뛰어내렸다.

익룡이 세차게 날갯짓을 하면 서 날아오르자 바람이 거세게 일었고, 페니는 몸이 넘어질 듯 휘청했다.

"안 돼……."

페니는 폴리가 지우개 똥을 건드 려 매직펜들에게 발각된 일 을 떠올리며 비명 을 질렀다.

"걱정 마. 내가

잡고 있으니까.”

맥이 튼튼한 팔로 페니를 붙잡으면서 말했다.

“고마워.”

페니 얼굴이 빨개졌다.

“흠흠, 우린 구조 작전 중 아니었나?”

얼룩이가 둘 사이에 끼어들며 말했다.

“무, 물론이지. 버트의 필통에 경보 장치가 있으니까 다른 길로 돌아서 가야 해.”

당황한 페니가 두어 번 헛기침을 하더니 진지하게 말했다.

“좋은 생각이 있어.”

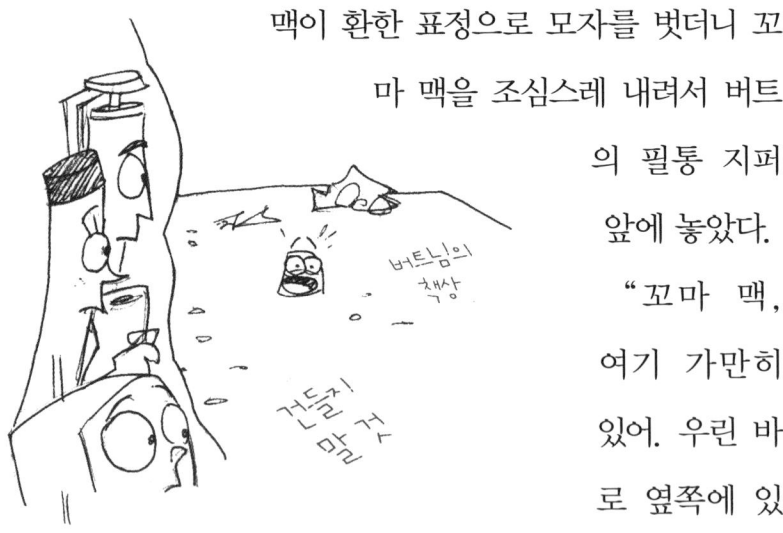

맥이 환한 표정으로 모자를 벗더니 꼬마 맥을 조심스레 내려서 버트의 필통 지퍼 앞에 놓았다.

“꼬마 맥, 여기 가만히 있어. 우린 바로 옆쪽에 있

을 거야."

맥이 꼬마 맥에게 당부했다. 그런 다음 버트의 필통 지퍼 옆 모퉁이에 바짝 붙어 숨어 있는 페니와 얼룩이에게 달려갔다.

페니는 지퍼 바로 옆에 바짝 붙어 서서 연필 손잡이를 머리 위로 들어 올렸다. 그러고는 지우개 똥을 마구 밟아 경보가 울리게 했다.

"무슨 짓이야?"

지퍼가 열리자, 꼬마 맥이 오들오들 떨면서 외쳤다.

곧이어 못된 지우개가 입에 거품을 물며 필통에서 튀어나왔다. 하지만 못된 지우개는 꼬마 맥을 보자 잠시 멈칫하더니 놀란 꼬마 맥을 달래려고 가까이 다가왔다.

페니는 이때를 놓치지 않았다. 연필 손잡이로 못된 지우개를 덮어씌운 다음, 연필 손잡이 안으로 깊숙이 밀어 가둬 버렸다. 가장 중요한 것은 지긋지긋한 입까지 가둬 버렸다는 사실이었다!

"한동안은 조용하겠지."

페니가 말했다.

"꼬마 맥, 아주 잘했어."

맥은 꼬마 맥을 집어서 도로 머리에 올리고는 안전하게 모자를 씌워 주며 칭찬했다.

"후유, 하나를 해치웠으니 이제 다음 차례군. 자, 다들 준비됐어?"

페니의 말에 얼룩이와 맥이 고개를 끄덕였다. 셋은 버트의 필통으로 들어갔다.

"정말 이렇게 하면 녀석들이 속을까?"

얼룩이가 물었다. 얼룩이는 못된 지우개인 척하면서, 버트의 필통에 침입한 맥과 페니를 검은 매직펜에게 끌고 갈 생각이었다.

"그거야 네가 얼마나 그럴듯하게 연기하느냐에 달려 있지. 한번 으르렁거려 봐."

페니의 말을 듣고 얼룩이는 이빨을 드러내고 소리를 냈다. 하지만 으르렁거리는 소리가 아니라 낑낑거리는 소리 같았다.

"전혀 사납지 않은걸. 다시
해 봐."

페니가 말했다.

얼룩이가 다시 으르렁대기
시작했다.

"내가 해도 그것보다는 잘하겠다. 게다가 난 얼룩덜룩하지 않게 지울 줄도 알아……."

꼬마 맥이 모자 밑으로 고개를 내밀며 살짝 약을 올렸다.

"으르러어어어어어어어엉!"

얼룩이가 사납게 소리를 질렀다.

"조, 좋아졌는데. 이번에는 입에 거품을 물어 봐."

갑자기 얼룩이가 사나운 소리를 내자 약간 겁이 난 페니가 말했다.

"꼬마 맥에게 침을 뱉고 싶은 것처럼 해 봐!"

맥이 거들었다.

"이봐! 지금 뭐라는 거야?"

꼬마 맥이 모자 밑에서 불평했다.

하지만 맥의 말은 꽤 효과가 있었다. 얼룩이가 세차게 으르렁대며 짖더니 입에 거품을 물었다. 게다가 연필들의 발목을 물어뜯는 시늉까지 똑같이 했다. 얼룩이가 못된 지우개 흉내를 잘 낸 덕분에 매직펜 경비병들은 버트의 필통 안을 지나는 페니와 맥을 조금도 의심하지 않았다.

한편 버트의 필통 밖에서는 못된 지우개가 연필 손잡이에서 빠져나오려고 발버둥 치고 있었다. 필통 지퍼 바로 앞에

서 펄쩍펄쩍 뛰다가 어느 순간 연필 손잡이가 지퍼 손잡이에 걸렸다.

못된 지우개는 연필 손잡이에서 몸을 빼내려고 안간힘을 썼고, 마침내 '퍽' 소리를 내면서 빠져나올 수 있었다. 못된 지우개가 전보다 더 심하게 으르렁대며 입에 거품을 물었다. 그러고는 침입자들의 냄새를 쫓느라 코를 킁킁대면서 버트의 필통 안으로 들어갔다.

15

종소리가 구하다

페니와 맥 그리고 얼룩이는 필통의 깊고 어두운 곳으로 걸어갔다.

"우리 지금 어디로 가고 있는 거야?"

맥이 물었다.

"검은 매직펜이 분명 여기 어딘가에 있을 거야……."

페니가 중얼거렸다.

"쉿! 저기 좀 봐."

얼룩이가 귀를 쫑긋 세우고 말했다.

페니와 맥은 얼룩이를 따라서 어둡고 조용한 복도로 갔다. 한 걸음, 한 걸음 걸어갈수록 낯익은 목소리가 점점 크게 들려왔다.

"잘 들어라, 페니. 이제 곧 내 부하들이 반 아이들의 점수가 모두 바뀌었고, 버
트가 최고 우등생이
됐다는 사실을 보
고하러 올 것이다."

낯익은 목소리가
말했다.

고음의 부드러운 목
소리가 뭐라고 대꾸했
지만, 소리가 너무 작아서 페

니와 일행은 무슨 말인지 알아듣지 못했다. 드디어 문간에 도착한 페니는 조심스럽게 방 안을 들여다보았다. 폴리가 구석진 벽에 묶여 있었고, 검은 매직펜이 폴리와 문 사이를 왔다 갔다 하고 있었다.

검은 매직펜이 등을 돌리고 폴리를 향해 걸어갈 때, 페니는 폴리에게 손을 흔들어 도우러 왔다는 걸 알렸다.

"지금부터 내가 검은 매직펜의 주의를 끌 테니까 너희는 가서 폴리를 풀어 줘."

페니는 맥과 얼룩이에게 소곤대고는 용감하게 방으로 걸어 들어갔다.

"이제 곧…… 조금만 있으면……."

검은 매직펜이 중얼댔다.

"이제 곧 뭐?"

페니가 큰 소리로 쏘아붙였다.

"아니……, 네가 어떻게……?"

검은 매직펜이 놀라서 고개를 홱 돌리며 말했다.

페니는 안쪽으로 성큼성큼 들어가 검은 매직펜에게 다가섰다.

검은 매직펜이 페니 쪽으로 눈길을 돌리자, 얼룩이와 맥은 검은 매직펜의 등 뒤를 살금살금 돌아서 폴리를 구하러 갔다.

"지금까지는 네가 이긴 걸로 해 두자고, 검은 매직펜."

페니는 검은 매직펜이 폴리 쪽을 보지 못하게 문 쪽으로 물러섰다. 맞은편인 방 안쪽에서는 얼룩이와 맥이 묶여 있는 폴리를 풀어 주고 있었다.

"경비병! 침입자가 들었다. 필통 통제소에 당장 보고해!"

검은 매직펜이 손목에 찬 작은 무전기에 대고 소리쳤다.

"미안하지만 매직펜 중 누구도 네 명령에 따를 수 없을걸. 수정액이 네 악랄한 계획을 알아채고 이번에는 완벽하게 대응하고 있는 중이거든."

페니가 말했다.

"아무도 내 명령에 따를 수 없다고?"

검은 매직펜이 악마처럼 웃으며 말했다.

"그렇다니까. 매직펜들 모두!"

페니가 대꾸했다.

"그럼 이건 어떻게 설명하시려나, 페니?"

검은 매직펜이 페니의 뒤를 가리키며 말했다.

페니가 천천히 몸을 뒤로 돌리자, 컬러 매직펜들이 페니를

가로막고 서 있었다. 또 매직펜들 앞에서 이빨을 드러내고
있는 지우개도 보였다.

"잘했어, 얼룩이야. 아주 그럴듯해. 표정 진짜 무서워."

페니가 앞에 있는 지우개의 귀에 대고 속삭였다.

"저기, 페니……."

얼룩이가 건너편에서 페니를 불렀다.

"이봐, 어떻게……? 아, 안 돼."

페니는 그제서야 보았다. 앞에 있는 지우
개 이빨에 낀 연필 손잡이 조각을! 눈앞
에 있는 건 얼룩이가 아니라, 진짜 못된
지우개였다!

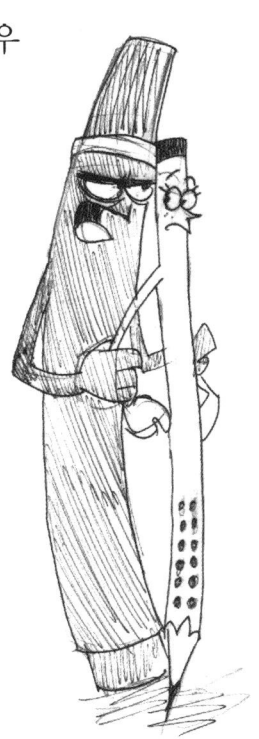

못된 지우개가 사납게 으르렁댔다.
그리고 페니를 향해 다가오는 바람
에, 페니는 뒷걸음질 치다가 검은 매
직펜과 부딪쳤다.

"잡았다!"

검은 매직펜이 소리쳤다.

"아니, 못 잡았어. 난 여기 있거든."

방 저편에서 폴리가 소리쳤다.

그 소리를 들은 검은 매직펜은 몸을 홱 돌리다가 페니를 놓치고 말았다.

"뛰어, 페니!"

폴리가 외쳤다.

페니는 머뭇대지 않고, 곧장 친구들에게 달려갔다.

검은 매직펜이 매직펜 부대에게 명령했다.

"가만히 서 있지들 말고, 어서 가서 잡아!"

"어느 쪽이요?"

보라 매직펜이 물었다.

"둘이 워낙 똑같이 생겨서……."

노란 매직펜이 중얼댔다.

"둘 다 잡아!"

검은 매직펜이 윽박지르자 매직펜들이 페니와 폴리에게 다가갔다.

"걱정하지 마. 너희가 달아날 동안 우리가 막고 있을게."

페니와 매직펜들 사이에 서 있던 맥이 용감하게 말했다.

"지금 '우리'라고 했어?"

매직펜 부대가 다가오자, 조금씩 뒷걸음질 치던 얼룩이가 깜짝 놀라 소리쳤다.

페니와 폴리는 달아나기 시작했고, 매직펜 부대와 못된 지우개는 맥과 얼룩이에게 점점 다가섰다.

"저런 게 진짜 사나운 거야."

얼룩이가 벌벌 떨면서 말했다.

"저 녀석들, 바로 코앞에서 보면 덩치가 무지 크겠지?"

매직펜 부대가 더 가까이 다가오자 맥이 말했다.

"작전은 뭐야?"

얼룩이가 물었다.

이제 잉크 냄새를 맡을 수 있을 정도로 매직펜들이 둘 앞에 바짝 다가섰다.

"작전? 저기, 그게…….미처 작전을 세울 짬이 없었어."

맥이 대답했다.

"그럼 이제 우린 어떡해!"

얼룩이는 겁이 나서 울부짖었다.

"무조건 뛰어!"

맥이 외쳤다. 너무 무서운 나머지 맥의 발가락에서 샤프심이 뚝뚝 끊어져 나왔다.

맥과 얼룩이는 젖 먹던 힘을 다해 달렸고, 맥의 발가락에서는 부러진 샤프심들이 계속 흘러나왔다. 뒤에서 쫓던 매직펜들은 맥이 흘린 샤프심에 걸려 넘어졌다.

"어떻게 한 거야?"

매직펜들이 저만치 뒤처지자 얼룩이가 물었다.

"나도 몰라. 무진장 겁이 날 때마다 그래."

맥이 대답했다.

"정말 멋져! 저기……, 심이 좀 더 있어?"

"심은 뭐 하려고?"

순간 맥이 고개를 돌려 뒤를 보니, 검은 매직펜과 못된 지우개가 쓰러진 매직펜들을 넘어서 쫓아오고 있었다.

"심은 다 떨어졌는데……."

"그럼 이제 어쩌지?"

겁에 질린 얼룩이가 소리쳤다.

"더 빨리 뛰는 수밖에!"

맥이 소리쳤다.

그사이 페니와 폴리는 필통 지퍼에 먼저 도착했다. 페니가 지퍼를 열고 필통 밖으로 폴짝 뛰어나가고, 폴리도 그 뒤를 따랐다. 필통 밖으로 나오니 스워드 선생님의 책상이 보였다. 스워드 선생님의 책상에는 뚜껑 없는 검은 매직펜들이 사방에 흩어져 있고, 수정액이 이끄는 색연필과 익룡 부대가 의기양양하게 그 위를 날고 있었다. 검은 매직펜들과의 전투에서 승리를 거둔 것이다!

"얘들아, 얼른! 서둘러야 해!"

폴리가 필통 밖에서 얼룩이와 맥을 향해 소리쳤다.

얼룩이는 막 지퍼를 넘어 필통 밖으로 나왔지만, 맥은 여전히 필통 깊은 곳에서 열심히 뛰어오고 있었다. 그리고 검은 매직펜과 못된 지우개가 맥의 뒤를 바싹 쫓아왔다.

"서둘러, 맥. 녀석들에게 잡히겠어."

페니가 소리쳤다.

맥은 목덜미에서 검은 매직펜의 거친 숨결을 느꼈다. 못된 지우개는 맥의 발목을 물어뜯으려고 했다. 맥이 마지막 힘을 다해 껑충껑충 뛰어서 가까스로 지퍼 앞에 도착했다. 교실에 찾아온 평화를 어렴풋이 느끼며 지퍼를 통과하려는 순간, 크고 검은 손이 맥의 발목을 덥석 잡았다.

"그렇게는 안 되지."

검은 매직펜이 음흉하게 말했다.

"맥!"

코앞에서 맥이 필통 속으로 다시 끌려 들어가자 페니가 다급히 외쳤다. 그리고 동시에 맥을 붙잡고 필통 밖으로 끌어당겼다.

"혼자서는…… 못하겠어. 검은 매직펜이…… 힘이 너무 세……."

페니는 이를 악물었다.

폴리가 페니의 허리를 잡고 끌어당겼다. 폴리 덕분에 맥은 더 끌려 들어가지도, 끌려 나오지도 않았다. 하지만 페니와 폴리, 둘의 힘으로는 부족했다. 얼룩이도 나서서 폴리의 발목을 가만히 물고 힘차게 당겼다. 셋이 함께 당기자, 맥이 필통 밖으로 조금씩 나오기 시작했다.

"됐다! 맥이 나오고 있어!"

페니가 외쳤다.

그때 허연 무언가가 페니와 폴리를 향해 날아오더니 얼룩이 앞에 툭 떨어졌다.

"어!"

얼룩이가 놀라서 소리치느라 폴리의 발목을 놓치고 말았다. 그러자 검은 매직펜의 힘을 당하지 못하고 맥뿐 아니라 페니와 폴리까지 필통 안으로 조금씩 끌려 들어갔다.

페니가 주변을 살피자, 못된 지우개와 얼룩이가 서로 으르렁대며 물어뜯고 있는 게 보였다.

"다른 연필들은 다 어디 있지? 왜 이럴 때 도우러 오지 않는 거야?"

페니가 외쳤다.

그때 갑자기 수업 종이 울리고, 아이들이 교실로 들어오기 시작했다.

"아침이야. 아이들이 등교하고 있어!"

"지퍼가 열려 있어."

페니와 폴리가 거의 동시에 소리쳤다.

페니와 폴리는 당기기를 멈추었고, 검은 매직펜마저 맥을 놓고 얌전히 필통에 누웠다. 자기가 만든 필통 규칙 1항, 다시 말해 '필통 지퍼가 열려 있는 동안은 절대 말하거나 움직이지 않는다.'를 지켜야 했기 때문이다. 필통 바깥쪽 버트의 책상 위에서도 지우개들이 싸움을 멈추었다.

교실 문이 활짝 열리더니, 아이들이 재잘거리며 교실로 들어왔다. 그리고 모두 의자를 당겨서 자리에 앉았다.

"이게 어떻게 된 거지? 연필이 어디 갔는지 없어. 엄마가 알면 또 화내시겠네."

랄프가 말했다.

"내 연필들이랑 섞였을지도 몰라."

사라가 필통을 열고 안을 살피며 말했다.

"여기에도 없네. 그런데 내 연필도 몽땅 없어졌어. 내가 떨어뜨렸나……."

사라가 고개를 숙이고 교실 바닥을 훑어보았다.

그런데 사라가 고개를 들었을 때, 버트의 책상 위에 있는 것이 눈에 들어왔다.

"랄프, 저거 네 지우개 아니니?"

사라는 얼룩이를 집어서 랄프에게 건네주었다.

"맞아."

랄프가 지우개를 받으며 고개를 끄덕였다.

"어? 이건 내 연필인데."

사라가 버트의 필통 밖으로 몸을 반쯤 내놓고 있는 폴리를 집으며 말했다.

"뭐 하는 짓이야?"

때마침 버트가 다가와 사라의 손에서 자기 필통을 빼앗았다.

"네가 우리 연필을 훔쳤잖아! 또 뭐가 있는지 봐야겠어. 이리 내!"

사라가 버트의 필통을 도로 빼앗으며 쏘아붙였다.

사라와 버트는 필통의 양 끝을 힘껏 잡아당겼다.

"손 치워. 내 필통이야!"

버트가 필통을 당기면서 소리쳤다.

"뭐가 들었는지 내 눈으로 확인해야겠어!"

사라도 지지 않고 필통을 홱 당겼다.

두 사람은 필통을 놓고 옥신각신하느라, 교실이 잠잠해진

것도 눈치채지 못했다. 어느새 스워드 선생님이 교실에 들어

와 있었다.

"얘들아! 그만, 그만!"

스워드 선생님이 손뼉을 치며 말했다.

사라와 버트는 서로 노려보면서 필통 당기기를 멈추었다. 하지만 둘 다 필통에서 손을 떼지는 않았다.

"사라, 그게 네 필통이니?"

스워드 선생님이 물었다.

"아니요."

"그럼 버트에게 돌려줘라."

"하지만 버트가……."

"버트에게 돌려줘."

스워드 선생님이 단호하게 말했다.

사라가 필통에서 손을 떼자, 버트의 필통에 든 물건들이 와르르 쏟아졌다. 페니, 맥, 검은 매직펜도 교실 바닥에 흩어졌다.

"아니, 그런데 이게 뭐지?"

스워드 선생님이 검은 매직펜을 집어 들면서 물었다.

"선생님이 '학교에서 검은 매직펜은 사용 금지'라는 규칙을

만들지 않았던가?"

"마, 맞아요."

버트가 우물우물 대답했다.

"그럼 이건 압수해도 괜찮겠지, 버트?"

스워드 선생님은 안경 너머로 버트를 쓱 쳐다보고는 검은 매직펜을 가지고 교탁으로 돌아갔다.

"저는 이것들을 압수해야겠어요."

사라는 맥과 페니를 집어서 랄프에게 건네주며 말했다.

랄프가 페니를 책상 위에 올려놓고는, 맥의 머리를 찰칵찰칵 눌러 심이 나오게 했다. 하지만 맥에게는 남은 심이 하나도 없었다.

"멍청한 샤프 같으니."

랄프는 맥을 필통에 던져 넣고, 페니를 집어 들며 말했다.

'질겅질겅 손'과의 끔찍한 경험 이후 첫 수업이었지만, 페니는 조금도 즐겁지 않았다. 맥이 너무나 걱정되었기 때문이다. 사랑받는 연필이었다가 순식간에 주인의 선택을 못 받는 연필이 되는 기분이 어떤 건지 페니는 잘 알았다. 또 맥이 교실의 평화를 위해 영웅적인 노력을 했는데도 심이 없다는 이유만으로 버려지는 것은 어딘지 모르게 불공평해 보였다. 게다가 수정액과 사라의 색연필들이 검은 매직펜 부대와의 전투에서 어떻게 승리를 했는지 궁금해서 공부에 집중하기가 힘들었다.

수학 문제를 100개쯤 푼 것 같은 시간이 지나자, 드디어 종이 울렸다. 랄프는 페니를 다시 필통에 넣었다. 하지만 페니는 필통 안에 제대로 들어갈 수

가 없었다. 루시의 필통 안처럼 모든 연필들이 지퍼 주변에 잔뜩 몰려나와 있었기 때문이다.

"나 좀 들어가게 해 줘. 수정액을 만나야 된다고."

페니가 애원했다.

"미안하지만 지금은 좀 곤란해. 우린 특별 모임에 가야 해서 말이야."

주황 색연필이 말했다.

"어디로?"

페니가 물었다.

"사라의 필통."

초록 색연필이 대답했다.

점심시간이 되었다. 마지막으로 남아 있던 아이까지 모두 교실에서 나가자, 랄프의 필기구들은 모두 필통에서 나와 사라의 책상으로 건너갔다. 그리고 곧장 사라의 필통 안으로 들어갔다.

사라의 필통 안은 아름답게 꾸며져 있었다. 풍선과 종이 리본이 가득하고 현수막도 보였다. 현수막에는 '모두 축하합니다!'라고 적혀 있고, 필통 벽마다 반짝이는 별과 달 모양의 장식들이 걸려 있었다.

"진짜 멋지다. 무슨 모임이야?"

페니가 눈을 반짝이며 물었다.

작달막하고 둥글둥글한 무엇이 뒤뚱뒤뚱 마이크 앞으로

나가자, 다들 조용히 입을 다물었다. 수정액이었다.

"랄프와 사라의 필기구 모두를 따뜻한 마음으로 환영합니다. 아시다시피 우리는 힘든 시간을 보냈습니다. 검은 매직펜이 돌아와서, 교실을 난장판으로 만들었지요. 검은 매직펜은 랄프의 공책에 낙서를 하고, 색칠 대회에 낼 사라의 그림을 망쳤습니다. 또 못된 지우개를 시켜 랄프의 시험지 답을 지웠지요. 게다가 어젯밤에는 매직펜 부대를 동원해서 아이들의 점수를 모두 '좀 더 열심히'로 바꿔서 버트를 최고 우등생으로 만들 계획까지 세웠습니다."

수정액 말을 들은 랄프의 색연필들은 잠시 숨을 멈추었고, 사라의 색연필들은 알고 있다는 듯 고개를 끄덕였다.

"하지만 사라의 색연필들 도움으로 우리는 점수를 바꾸려는 나쁜 매직펜 부대를 물리칠 수 있었습니다."

수정액이 덧붙여 말했다.

모든 필기구들이 사라의 색연필들에게 박수를 보냈다. 사라의 색연필들도 서로에게 손뼉을 쳐 주었다.

"여러분, 우리는 검은 매직펜을 찾아낸 아주 용감한 필기구들에게도 감사해야 합니다. 바로 지우개 얼룩이와 폴리,

그리고 맥입니다.”

　모두 다시 힘차게 박수를 쳤다. 특히 페니가 자기의 소중
한 친구들에게 가장 큰 박수를 보냈다.

　“그리고 마지막으로, 여기 가장 소중한 필기구가 있습니
다. 우리 모두 검은 매직펜의 사악한 음모를 밝혀낸 훌륭한
연필에게 감사를 보내야 합니다. 여러분, 다들 페니를 축하

모두 축하합니다!

해 주십시오!"

필기구들은 있는 힘껏 손뼉을 쳤고, 당황한 페니는 얼굴이 빨갛게 달아올랐다.

파티는 오후 수업을 알리는 종이 칠 때까지 계속되었다. 종소리가 나자, 모든 필기구들은 다음 수업을 위해 각자의 필통으로 돌아가야 했다.

"다시 만나자, 폴리."

페니가 인사했다.

"잘 가, 페니. 그리고 꼭 기억해 둬. 다음에도 비밀 작전을 펼치게 되면 나도 꼭 끼워 줘야 해!"

폴리가 말했다.

페니와 맥은 랄프의 필통으로 돌아가는 내내 신나게 수다를 떨었다.

"사실 심이 다 떨어져서 다행이었어. 덕분에 다른 필기구들이랑 현수막을 만들면서 재미난 시간을 보냈거든. 나는 심각한 공부보다는 미술용 연필로 더 어울리는 것 같아. 랄프의 땀 나는 손에서 계속 미끄러지지만 않는다면 말이야!"

맥의 목소리에 즐거움이 묻어 있었다.

"자, 그거라면 우리가 도울 방법이 있지. 얼룩이야, 네가 좀 가지고 와 줘."

랄프의 필통 앞에서 페니와 맥을 기다리던 수정액이 말했다.

얼룩이가 맥의 머리 위로 훌쩍 뛰더니, 맥에게 초록색 물건을 끼워 주었다. 폭신한 초록색 덮개가 맥의 무릎까지 닿았다.

"이게 뭐야?"

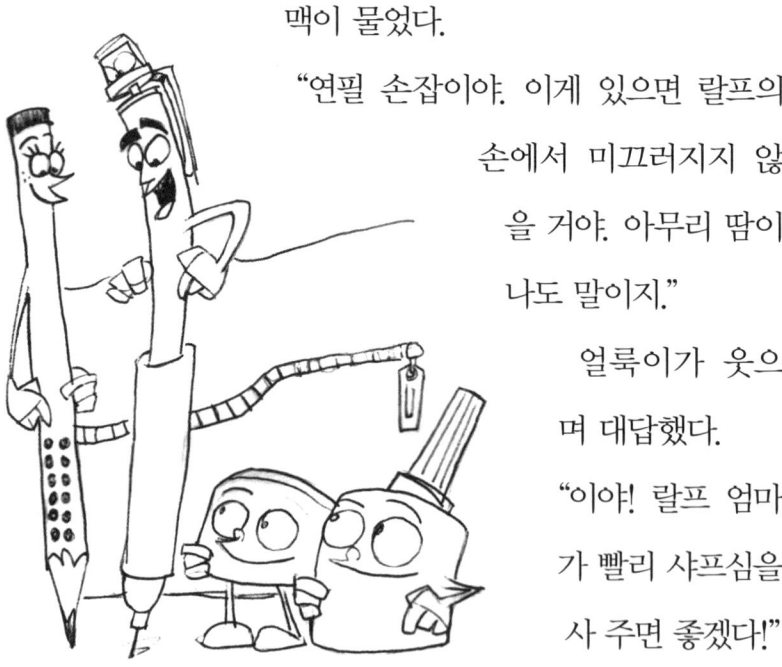

맥이 물었다.

"연필 손잡이야. 이게 있으면 랄프의 손에서 미끄러지지 않을 거야. 아무리 땀이 나도 말이지."

얼룩이가 웃으며 대답했다.

"이야! 랄프 엄마가 빨리 샤프심을 사 주면 좋겠다!"

맥이 기뻐하며 말했다.

마침 랄프 손이 필통으로 들어오자
연필들은 모두 얌전히 누웠다. 랄
프가 필통 안을 뒤적여 페니
를 찾아 꺼냈다. 글쓰기 시
간이었다.

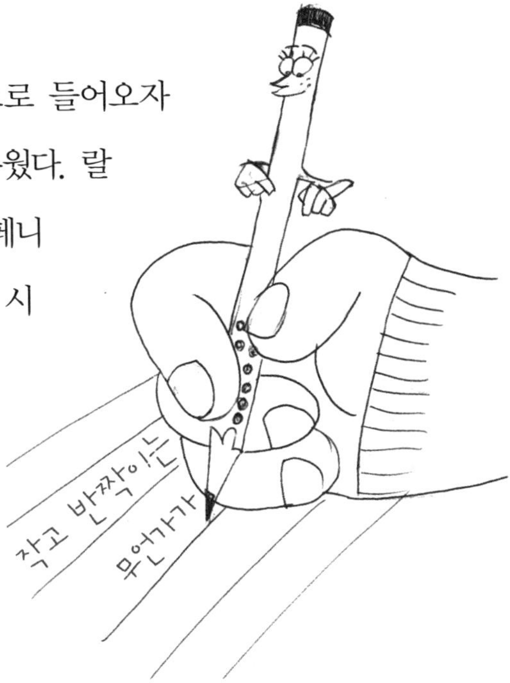

"공부 잘하고 와!"

맥이 소리쳤다.

"응, 그럴게."

페니가 대답했다.

새 친구 맥이 필통

에 들어온 뒤로, 최고로 신나는 수업 시간이었다.

작고 반짝이는 무언가가